VENTOS DA TERRA

LUIZ ARNALDO CAMPOS

ventos da terra

mórula
EDITORIAL

REVISÃO
Natalia von Korsch

IMAGEM DE CAPA
Escola de Xilografia (SP). *[Sem título]*. São Paulo, SP: Escola de Xilografia do Horto Florestal. Xilogravura, 30 x 40cm. Acervo da Biblioteca Nacional Digital

PROJETO GRÁFICO
Patrícia Oliveira

CIP-BRASIL. CATALOGAÇÃO NA PUBLICAÇÃO
SINDICATO NACIONAL DOS EDITORES DE LIVROS, RJ
Elaborado por Gabriela Faray Lopes — CRB 7/6643

C214v

Campos, Luiz Arnaldo.
Ventos da terra / Luiz Arnaldo Campos. – 1. ed. – Rio de Janeiro : Mórula, 2022.
132 p. : il. ; 19 cm.

ISBN 978-65-81315-27-6

1. Contos brasileiros. I. Título.

22-79123 CDD: 869.3
CDU: 82-34(81)

Rua Teotônio Regadas 26 sala 904
20021_360 _ Lapa _ Rio de Janeiro _ RJ
www.morula.com.br _ contato@morula.com.br
/morulaeditorial /morula_editorial

*Para Luiz Tayandô, para quem
as histórias do Brasil eram feitas
pelos índios e índias, pretas e pretos,
caboclos e caboclas. Sem contar,
é claro, os voduns, os encantados
e os nobres de toalha.*

voluntário da pátria

ASSUNÇÃO, OUTUBRO DE 1870

FOI NUMA MANHÃ COMO A DE ONTEM que a derrota do Paraguai chegou pela primeira vez ao acampamento. De mansinho, arrodeando o nosso território, se escondendo e querendo se mostrar. A primeira coisa que reparei foi o mundaréu de cabelos cobrindo o corpo mirrado e a cabeça cheia de ossos. Foi só um relance, depois não a vi mais. Estava deixando a sentinela quando vi outra vez. Algum dos nossos deve ter feito o serviço nela, porque roía um pedaço de pão e caridade não é coisa que se encontre numa guerra. Na hora não atinei que Encarnación era a proclamação da nossa vitória, e não tinha mesmo como entender. De mulheres paraguaias a retaguarda do Trigésimo Quarto dos Voluntários da Pátria estava cheia, muitas arrebanhadas e outras por vontade própria. Assim, sua presença não tinha nada demais. A magreza, sim, era de estranhar, porque quem come na mesa de quem está ganhando necessidade não passa, mas bem que podia ser uma recém-chegada. Por isto não dei maior atenção.

Depois de uns quinze dias ela apareceu de novo. Junto com a fome, carregava uma tristeza tão grande que lhe falar alguma coisa me pareceu obrigação. Além do mais, eu gosto de dizer palavras em guarani, uma língua que parece encaminhar os falantes para o céu. Quando caminhei em sua direção, Encarnación levantou os braços de maneira tão desalentada e grandiosa que, naquele momento, tive a certeza, eu, um simples cabo, com as divisas ganhas no charco e na baioneta e não na Academia Militar, de que estava recebendo a rendição do Paraguai.

Encarnación não vinha de uma vila arrasada ou das cinzas de algum povoado. Tinha saído diretamente das trincheiras inimigas. Não há mais comida para as mulheres e o pouco da carne e farinha que resta é para manter a tropa de pé, me explicou. Não era vivandeira, mas mulher de um só soldado, protegido por sortilégios contra a espada ou o fuzil dos brasileiros. Aquilo que as armas nacionais não conseguiram a varíola se encarregou de fazer, e Encarnación ficou sozinha. A proibição de alimentar as mulheres já existia, seu esposo tirava da própria boca a pouca bóia que recebia. Quando ele se foi ela também teve que partir. Foi a última guarani a deixar os pelotões de Solano López e agora estava diante de mim como bandeira entregue num ato de capitulação.

Os generais paraguaios estão errados, ela me esclareceu. Como foram educados na Europa, não sabem que as mulheres guaranis são a alma da guerra, sem elas não é possível vitória. Sem suas fêmeas a pátria paraguaia estava à deriva, com a cabeça exposta à espera do carrasco.

Como todas as outras, Encarnación ficou nas carroças, misturada à cozinha, ajudando a preparar o ragu pela manhã e sendo servida à noite nas tendas dos nossos soldados. Eu passei a visitá-la com frequência enquanto nosso exército movia-se penosamente Paraguai adentro. Estávamos entrando no quarto ano e a guerra não parecia perto de acabar. Eu, que tinha começado do começo, rezava para que o exército inimigo, desamparado das fêmeas, perdesse a vontade de lutar. Não por covardia, mas por fastio, porque se é verdade que qualquer um se acostuma em matar, verdadeiro também é que enjoa. Foi com a boca ainda com gosto de vômito e a cabeça martelando de náusea que a busquei depois da sangueira desatada de Itororó. Até o primeiro tiro, confesso que nutria lá no fundo a esperança de ver surgir a bandeira branca do lado dos paraguaios. Veio uma balaceira danada e os homens sem mulheres lutaram pior do que o Cão. Geralmente não me lembro do que acontece nas batalhas, só do final: o silêncio dos surdos, o sangue entrando pelos olhos e um nojo do mundo sem tamanho. Desta vez, um nó nas tripas mal me deixava andar. Cambaleante, encontrei Encarnación, pendurando o brinco usado para espantar a tristeza, no último retoque antes de iniciar a ronda noturna. Como quem oferece um remédio me levou para a rede. Afundei na quentura, rolei no seu cheiro, explorei sua fenda para negar fogo, miseravelmente. Na cabeça, o desejo não se impunha, afogado pela visão da baioneta entrando, saindo, voltando a entrar na barriga de um paraguaio com uma volúpia ausente do meu caralho. Se o homem falha, a culpa é da mulher. Ela era a culpada, anunciara o fim da guerra me fazendo acreditar que não ia mais me lavar em sangue. Minhas reclamações expulsaram Encarnación da rede, de onde saiu a contragosto. Amuada, acendeu um cachimbo de barro quieta no canto, e em silêncio hora e meia ficou. Quando abriu a boca foi para dizer, assim do nada: sem as mulheres o Paraguai não pode vencer. Ora, com as índias do lado deles tínhamos vencido muitas batalhas, Tuiuti, Curuzu e outras tantas, então que diferença fazia? Ela sorriu baixinho antes de dizer: a de hoje, por exemplo, vocês iam perder.

Não perdemos. Vieram Avaí, Lomas Valentinas, Angustura, uma sucessão de batalhas vitoriosas naquele dezembro de 1869 que colocaram Assunção ao alcance de nossas mãos. Depois de cada combate tomei o costume de procurar Encarnación, sem perceber me enrabichei da índia. Tirei ela da roleta dos soldados, assumi sua guarda. Ela gostou. Como já disse, sempre foi mulher de um homem só. Quando não estava de sentinela, a gente arrumava um canto debaixo do céu preto ou das estrelas e por lá se arranchava. Se chovesse, íamos para a tenda da boia, onde os ajudantes eram meus considerados. Antes das batalhas, como amuleto, e depois das matanças, como purificação, era obrigatório afundar nas suas carnes magras até que o desespero se acalmasse. Era tudo no silêncio, pouco se conversava, não tinha precisão. Então chegou a noite que antecedeu nossa entrada triunfal na capital paraguaia. O dia fora enjoado, tomar banho, costurar uniformes, engraxar botinas, ensaiar o hino. Quando o alferes saiu de cima do nosso lombo a lua já ia alta no céu. Tinha no ar um cheiro de fim de linha. Amanhã acabava a guerra. Íamos desfilar pela capital inimiga e, depois, o abismo. De lá sairia num vapor, no rumo de casa, e Encarnación, como ficaria? O próprio fato de me fazer esta pergunta era a prova de como estava seduzido. Largar mulheres pelo caminho é próprio dos conquistadores, não se apaixonar pelas amantes é a divisa dos soldados, mas eu hesitava e minha hesitação era a prova cabal de que me enredava no erro. Depois do coito perguntei o que ela pensava em fazer. A resposta foi um tiro no peito. Ia buscar o filho numa casa para os órfãos de guerra, em Assunção mesmo. Só isso e já era o bastante para tempos impossíveis de se vislumbrar o dia seguinte. O que dizer? Já tinha me passado pela cabeça a ideia de levá-la para o Brasil. Apesar de loucura, podia fazer, era solteiro, sem família para prestar contas, porém carregar nos ombros um garoto desconhecido era demais para qualquer um. Assim, fiquei quieto. Como ela não se importou, nos agarramos outra vez.

O desfile foi macabro. As ruas vazias, sem um ser humano para aplaudir ou apupar. Até os cachorros guardaram um silêncio sepulcral. Quando voltei para o acampamento não encontrei Encarnación. Ela tinha evaporado, sem deixar sequer o cachimbo para trás.

Foi assim, num vazio assombroso, que decorreram os dias seguintes. A guerra parecia suspensa num limbo. López sumira e não aparecia ninguém para assinar o tratado de paz; por sua vez, Assunção, pendurada em fantasmas, parecia minguar dia após dia. A cada semana sumia mais gente. Primeiro foram as crianças e as mulheres, depois os velhos e os aleijados, por fim sobraram apenas alguns loucos que insistiam em saudar o Generalíssimo pelas esquinas. Pelas ruas solitárias os únicos que corriam eram os boatos. Diziam que a guerra ia continuar. Como e para que ninguém dizia. Neste rame-rame acabou sendo oficialmente anunciada a partida do Marquês de Caxias. Disse o cabo, comentando o sargento, por inconfidência do tenente, que o nosso Supremo Comandante não era capitão-do-mato e não ia perseguir os restos do ditador cordilheira afora. Caxias se foi e chegou o Conde, genro do Imperador, para prosseguir a campanha.

Desgraça completa. O exército paraguaio sem mulheres, agora também sem homens, subira as montanhas e nós atrás das sombras, em doida perseguição. De marcha mais penosa, não recordo. Vilarejos abandonados, um ódio espalhado no ar, espreitando atrás de cada casebre. De vez em quando o vento trazia choro de crianças. Foi assim que chegamos a Peribebuí para o que deveria ser a última batalha da guerra. Depois de algumas horas estava tudo terminado. Não fizemos prisioneiros, até o comandante paraguaio teve o pescoço cortado.

Estava na porta da barraca, armando um cigarro com o tabaco extra, distribuído em função da vitória, com a cabeça esvaziada pelo fim da guerra. Para mim tinha terminado de verdade. Os últimos soldados e o último general de López estavam jogados no campo, sem cabeças, com os corpos devorados pelo incêndio. O ditador escapulira, mas não podia ir muito longe. Até que enfim chegara a hora do ponto final.

Aí, ela reapareceu. Envolta num halo luminoso, com chispas nos olhos, Encarnación trazia o fogo das batalhas que eu julgava apagado. Com a língua soltando estrelas anunciou a continuidade da guerra. As mulheres voltaram ao Exército, disse num tom radiante. Por isto tinha ido embora. Agora quem iria combater eram as crianças e para os pequeninos lutarem as mães eram indispensáveis. Ademais, nas tropas de López não existiam mais generais. Sem ter ninguém para impedir, as madres tinham trazido seus filhos e organizado um novo exército para fazer brotar, outra vez, vitórias do arrasado solo paraguaio. Qualquer um confundiria Encarnación com uma fugitiva de um hospício, menos eu, surpreendentemente desesperado tentando com beijos, que ela não sentia, mantê-la perto de mim, adivinhando sua partida. Antes de desaparecer na noite ela me agradeceu suavemente e me aconselhou a desertar. Não queria levar na alma o peso da minha morte.

Quatro dias depois chegamos a um descampado que rola suavemente de uma colina. Acosta Ñu era seu nome. De repente uma enxurrada de pontos pequeninos desceu das montanhas. Com uniformes maltrapilhos e fuzis que mal podiam carregar, os pequenos guaranis pareciam anjinhos remetidos para o céu por nossa fuzilaria. Atrás, como harpias agourentas, vinham as mulheres, gritando, incentivando e também morrendo. Como já disse, pouco me lembro das batalhas. Desta, só sei dizer que fiquei parado, sem disparar um tiro. Quando tudo terminou fui embora sem olhar para os corpos. Pensava no erro cometido meses atrás quando vi Encarnación pela primeira vez. Como descobri mais tarde, a palavra rendição não existe no idioma guarani.

o cortejo

PIRANHAS, NOVEMBRO DE 1939

— FIZERAM SÓ PARA JUDIAR DO POVO. Sem necessidade. Me diga, cortar as cabeças para quê? Para provar? Eu não acredito. Bastava pegar o chapéu de couro bom, com a estrela de Salomão que nem Napoleão teve igual, ou então trazer as joias de Maria, ficava tudo comprovado. Foi maldade pura, vontade de arrebentar o sentimento das pessoas. Dizer que a multidão encheu as ruas para ver o cortejo não prova bondade nenhuma. Na Sexta-feira da Paixão muita gente acompanha o corpo de Cristo e nem por isto a alegria reina. Há dois anos puseram a cabeça do Santa Cruz, cabra dos bons, numa vitrine no meio dos doces e dos cigarros. Ela ficou ali enchendo o mundo de tristeza até que alguém não aguentou e deu um sumiço nela. Muita gente foi ver, curiosidade sem propósito é doença do ser humano, mas a maior parte foi para sofrer mais um cadiquinho. Se a maioria quisesse parar de sofrer este mundo há muito estava de outro jeito. Mas como não quer, os soldados degolam. Eles gostam. Não viu em

Canudos? Quando chegaram em Piranhas, precedidos pela macabra notícia, eu fui não querendo ir, pedindo para o mundo se acabar naquela hora. Na praça já estava Enedina, feito uma mariposa, em volta do caminhão onde os homens da volante se regozijavam. Um deles, o mais baixinho, levantou um saco de sisal onde pareciam estar os cocos decepados. Foi um alvoroço, com uma dúzia de mãos para o alto se oferecendo para lavar as cabeças do rei e da rainha. Enedina correu para disputar a honraria. Estrebuchou, mas não conseguiu. Foi outra a contemplada. Enquanto a mulata voltava enfurecida fiquei pensando na mulher que tinha levado o saco para casa. Como seria quando ela chegasse em casa? Abriria a trouxa como quem devora um prato de comida ou fecharia os olhos em sinal de respeito quando suas mãos ensaboassem as realezas desventuradas? Encomendaria as almas descabeçadas para o inferno ou rezaria as incelenças? Pensei naqueles outros reis de França que foram parar na guilhotina. Teriam recebido o mesmo cuidado ou os pedaços de carne, osso e miolos sustentadores de suas coroas foram simplesmente atirados aos porcos? O cheiro forte de Enedina cortou meu pensamento. Queria saber de onde vinha a vontade de ficar na intimidade com as cabeças. Perguntei, não. Faltou coragem. Ficamos quietos um do lado do outro até que a outra voltasse com o saco nas mãos. Tentei, sem sucesso, desvendar a alma da portadora. Tinha cara de nada quando entregou a encomenda para o soldadinho. O fardado esperou o povo se ajuntar outra vez, enfiou a mão e tirou. Olhei para o sol pedindo que me cegasse.

O cortejo partiu com Enedina atrás. Passaram por Olho Dágua do Casado, Talhada e Pedra, onde a usina de cana fechou para os trabalhadores assistirem ao desfile. Em Santana do Ipanema foi feriado, teve banda de música, as lojas fecharam junto com os colégios e as cabeças foram carregadas como as dos reis mouros na Jerusalém dos cristãos. Na escadaria da igreja estenderam um lençol branco, onde ficaram expostas junto com os alforjes, cartucheiras, chapéus e duas máquinas Singer. O ouro, os contos de réis, a prataria, as joias que eles arrancaram dos corpos dos meninos, não mostraram. Enedina viu tudo e tudo me contou. Em cada cidade era uma romaria. No carro da frente ia o matador com as autoridades, no caminhão, os legionários com as cabeças, em volta a multidão bestificada. Uma via sacra que terminava com as cabeças enfiadas nos barris com água, sal e álcool para chegarem conservadas ao seu destino. Apesar do cuidado, as cabeças se transformavam. Numa vila faltava um pedaço do beiço, num outro povoado era a ponta do nariz que tinha sumido. Para mim era como se semeassem a estrada para não perder o caminho quando quisessem voltar. Este pensamento eu não falei para Enedina, se bem que pudesse ter dito. Na hora fiz pergunta atrás de pergunta, queria saber se por detrás da dor do martírio tinha alguma coisa a mais a empurrar as pessoas. Podia ser a vontade do adeus, uma despedida, um sentimento mais bonito que deixasse um pouco de esperança no meio da carne em decomposição. Enedina não deu resposta na hora. Guardou o melhor para depois.

Chegaram na capital. Maceió inaugurou iluminação nova para ver as cabeças passarem. Tinha deputado e até representante do governo federal. Gente que não acabava mais. Muito discurso com promessa de uma nova era para o sertão. No final anunciaram que as cabeças iam seguir para exame de doutores especialistas em Salvador. Enedina soube então que esta noite era sua última chance. Como ela conseguiu não sei, mas, de madrugada antes dos galos acordarem, ela entrou na casa escura e do bornal tirou a garrafa cheia de vagalumes recolhidos pouco antes. Não me lembro de felicidade maior do que o rosto de Enedina quando ela me contou. Dois pirilampos se penduraram nas orelhas de Maria Bonita como os brincos que ela gostava de usar. Outros dois pousaram nos buracos vazios e acenderam outra vez os olhos de Lampião.

almas

NEWPORT, DEZEMBRO DE 1909

FOI NUM CREPÚSCULO DE FINAL DE ANO que Mrs. Fionna O'Leary viu pela primeira vez a barca do destino. Tinha cento e sessenta e cinco metros de puro aço, torres giratórias, canhões de diversos calibres levantados para o céu. Por baixo da ponte de Newport upon Tyne a nave seguia com a solenidade dos grandes cetáceos, e ela não estranharia se um borrifo de água se levantasse no ar, provocado pela respiração do fantástico animal.

O encouraçado se perdeu dos olhos de Mrs. O'Leary, seguiu alguns quilômetros rio abaixo e atracou na doca dos estaleiros Hugh Walker para os retoques finais. O *dreadnought*, último avanço tecnológico da indústria naval britânica, ficou quieto, com suas caldeiras arfando, passando em revista seus possantes músculos após o primeiro exercício de navegação. Mrs. O'Leary o reencontrou no final da tarde, quando terminara de ministrar sua classe para os filhos dos trabalhadores. Naquela época a vida de Newport era sua orla, semeada de estaleiros e oficinas de barcos, por onde circulavam operários, marinheiros e todos os restos do Império. Fionna O'Leary gostava de caminhar por entre os cheiros de países distantes, que aplacavam sua solidão de estrangeira. Embora cidadã do Reino Unido, Mrs. O'Leary não reconhecia a velha Albion como sua pátria verdadeira. Ela era do país das canções celtas, da Irlanda insubmissa, cuja teimosia em ser livre tinha o dom de irritar sobremaneira os súditos do Rei.

Por entre as grades do estaleiro, Mrs. O'Leary contemplou, por alguns minutos, o perfil elegante da embarcação. Sentiu um arrepio provocado por uma rajada de vento outonal, ajeitou o casaco e se dirigiu ao pub para encontrar seu futuro. No estabelecimento era velha conhecida, uma presença estranha que de tão frequente havia se tornado normal, até mesmo querida, naquele ambiente onde as únicas mulheres eram aquelas que, por ofício, consolam os marinheiros.

José dos Anjos tampouco sabia, a irlandesa que acabara de entrar estaria na sua cabeça o resto da sua vida. Ele estava com outros marujos numa mesa do fundo. Todos negros, tinham vindo buscar o *dreadnought* que iria servir sob a bandeira de um distante país de águas equatoriais. Formavam uma pequena ilha de homens pretos onde ela ousadamente desembarcou e hasteou sua bandeira. Beberam todas, várias garrafas de uísque irlandês, portanto não existem muitas lembranças sobre esta primeira noite. Veio outra e mais outra, Mrs. O'Leary acabou se incorporando à tripulação que navegava no pub após os cansativos exercícios onde aprendia a conduzir o colosso pelos oceanos. Nestas noitadas, Fionna, como passara a ser chamada pelos marinheiros pretos, mestres na arte de criar intimidades, cantava velhas canções em gaélico, traduzidas depois para o inglês, cujas palavras seus companheiros de copo conheciam um pouco, veteranos que eram de muitos portos.

No final destas noites, quando o álcool ia dispersando o grupo pelas vielas mal iluminadas, Fionna e dos Anjos costumavam ficar juntos, unidos por uma química cujas reações transbordavam em suor, palpitações e olhares embaciados. Trôpegos, percorriam a cidade, passando pela estação de trem, a igrejinha medieval, para invariavelmente terminar junto das ruínas da Muralha de Adriano, construída pelos romanos para barrar os bárbaros do norte. Ali, onde os destroços evocavam hecatombes futuras, Fionna declamava poemas, naquela língua estranha com o dom de estilhaçar a alma, e depois ficavam abraçados, chorando baixinho um no ombro do outro. Quando um vermelho discreto começava a varar o céu chuvoso, o marinheiro acompanhava a professora até sua casa. Ela nunca o convidou para entrar e ele nunca se insinuou sabedor de que os mistérios são a melhor coisa entre um homem e uma mulher.

Nas imediações do estaleiro Hugh Walker, o murmúrio sobre a amizade da professora irlandesa com os marinheiros negros começou a subir, prenunciando tempestade. Talvez por ciúme, afinal Fionna era como um patrimônio coletivo e os frequentadores do pub não achavam graça em vê-la sequestrada por gente que até ontem vivia em cima de árvores. Havia quem discordasse, não fazia muito tempo os cruzadores ingleses tinham varrido os navios negreiros dos mares. No Império onde o sol nunca se punha havia lugar para todos. Para estes, o problema era a perigosa mistura de negros e irlandeses, explosiva como dinamite. O velho Abraham, mestre carpinteiro aposentado e oráculo de sabedoria do templo das garrafas, deu a palavra final: no fundo, apesar da diferença da pele, os pretos e os filhos da Irlanda eram muito parecidos. A alma é a mesma, concluiu, enigmático, e mais não disse, porque o papel das pitonisas é deixar os consulentes decifrarem seus desígnios. Apesar dos conselhos, o incômodo crescia e explodiu numa monumental briga de bar cujo motivo ninguém mais tarde saberia dizer, transformado na hora num conflito entre brancos ingleses e negros estrangeiros. O pub foi moído pelas pancadas, sangue correu e não foi pouco, escrevendo uma página para sempre lembrada na crônica dos botequins de Newport.

Naquela noite dos Anjos não levou Fionna para casa. O sol surpreendeu os dois na cama de uma hospedaria barata. Ao examinar o corpo do outro, como se faz depois de um coito entre bêbados, Fionna deparou, onde esperava encontrar as asas, cicatrizes medonhas, lanhando as costas do seu arcanjo negro. É de nascença, brincou o marinheiro, meu pai tinha e meu avô também. Não era, e a professora acostumada com as pequenas mentiras dos alunos não sossegou até a confissão envergonhada. No navio de dos Anjos, aliás, em todos os vasos de guerra de seu país, os marujos faltosos eram açoitados. Por qualquer coisa, uma garrafa escondida, uma barba mal feita, uma farda desarrumada, eram chicoteados como haviam sido seus pais e avós, arrancados da África pelo cativeiro. Fionna vomitou na cama uma mistura de uísque fermentado e nojo. Antes de ir embora, perguntou a sua função no navio. Artilheiro do canhão de proa, o Withworth de trezentos e cinco milímetros, respondeu dos Anjos como se estivesse numa inspeção militar. E ainda assim se deixa chicotear, jogou na cara Fionna, escapulindo do quarto.

Depois da refrega os marinheiros do possante encouraçado não retornaram mais ao pub e por isto dos Anjos não encontrou mais Mrs. O'Leary. Fionna voltou para lavar o corpo, como disse, e se emborrachou do álcool irlandês. Porém, nesta noite como nas seguintes, ela não cantou nem conversou com ninguém. Bebia calada, como se afundasse num naufrágio desconhecido pelos demais. Foi assim o mês inteiro até o dia em que o velho Abraham sentou ao seu lado, murmurou algo em seu ouvido e levantou sua cabeça para que Fionna visse o salão enfumaçado repleto de marinheiros de guerra ingleses cantando suas vitórias ao redor do mundo. Sóbria, no ato, Fionna abandonou o pub e nunca mais voltou.

No dia da partida, o *dreadnought* que exibia na proa o nome de Minas Gerais estava todo engalanado com os marinheiros perfilados na coberta. Dos Anjos, com alegria, descobriu no píer aquela figura pequenina que olhava para ele agitando um ramo de flores. Foi a última vez que Fionna O'Leary e José dos Anjos se viram, mas, meses depois, o marinheiro negro voltou a ter a imagem da irlandesa diante dos olhos quando disparou seu poderoso Withtworth de trezentos e cinco milímetros para os céus do Rio de Janeiro, anunciando o começo da revolta que iria acabar com a chibata na Marinha. Da mesma forma, foi no marinheiro negro que Fionna pensou, seis anos mais tarde, quando numa rua de Dublin foi varrida pela metralha dos soldados ingleses levando munições para os poetas irlandeses que naquele domingo de Páscoa tinham resolvido se libertar.

Como disse o velho Abraham, eram almas iguais.

a catequese

LITORAL DE ALAGOAS, JULHO DE 1556

FAZ MAIS DE UM ANO que iniciei esta desmiolada aventura agora próxima do seu final. Ao me apresentar para o trabalho de catequese entre os gentios do Novo Mundo, a estupefação foi geral. Era então — ou continuo sendo? — um padre de aldeia daqueles cuja vida tediosa está garantida até a eternidade. Por isto meus colegas de batina não compreenderam o súbito despertar de uma paixão que me conduziria a uma terra perigosa numa viagem muito possivelmente sem retorno. Deixe este trabalho para os jesuítas, me aconselhou o vigário da prelazia, porém uma força irresistível que na hora confundi com a fé e hoje sei tratar-se do destino me fez manter a decisão. Tampouco de meus irmãos mais velhos obtive qualquer apoio. Apesar de serem os responsáveis por minha vocação religiosa, já que ao se apossarem das poucas terras de meu finado pai não me deixaram outra alternativa de sobrevivência a não ser o seminário, ignoraram a grandeza da missão a qual me predispunha, argumentando ser o Brasil uma terra sem ouro, assolada por febres, habitada por bárbaros e malfeitores onde certamente deixaria o corpo e, provavelmente, a alma. Não me deixei abater. Com um afinco ainda maior me empenhei em obter a autorização do bispo e, após conseguir a anuência episcopal, me despachei para Lisboa, onde após uma longa espera finalmente embarquei numa flotilha carregada de mantimentos e colonos destinada à cidade de São Salvador, capital das terras brasis.

Uma cidade acometida de uma decadência precoce foi a primeira impressão do meu porto de chegada após o deslumbramento com a Baía de Todos os Santos. Era como se Adão e Eva, depois de cometido o pecado original, continuassem no Éden levando a podridão para todos os cantos. A fedentina das ruas, o desmazelo, a impressionante quantidade de mendigos, aleijados, desvalidos de toda ordem, exalavam os miasmas da corrupção e decrepitude, como uma gigantesca craca incrustada nas costas virgens da floresta. Porém mais turbador do espírito era a visão dos índios bêbados, maltrapilhos, largados à própria sorte ou, então, afundados numa abulia abismal ao desempenharem suas funções servis. Em nada lembravam os seres leves, diáfanos, que pareciam se alimentar de ar, como descritos pela carta de Caminha. Pelo contrário, em tudo se assemelhavam a matéria decomposta. As índias, citadas pelo escrivão da primeira frota por suas vergonhas exibidas de forma natural, isentas de pecado, agora vendiam suas bocetas, mal escondidas por um troço de tecido, por um copo de aguardente. Uma terra de anjos decaídos foi a minha primeira impressão do Brasil, me inserindo, assim, no apaixonado debate teológico provocado pela aparição do Novo Mundo. Com os descobrimentos, muitos doutores da Igreja afirmaram que o Diabo enxotado da Europa pela Inquisição se refugiara nas terras ignotas, onde assumira o comando sem ser contestado pela palavra do Senhor, tornando os silvícolas seus súcubos. Com o passar do tempo outra interpretação se afirmou: os índios seriam ingênuos afastados de Deus apenas pela ignorância, mentes férteis ansiosas pela semeadura cristã. Dom Sardinha, bispo do Brasil, sob cujas ordens me encontrava, assinalava uma perigosa contradição desta doutrina: a antropofagia, prática medonha, sabática, decididamente infernal, praticada por todas as tribos, sem exceção. Apesar da tristeza que sentia ao testemunhar os destroços humanos que eram os índios em Salvador, racionalmente tive que concordar com sua natureza maléfica. Para eles, o ambiente cristão, ao invés de salutar, se revelava terrivelmente daninho, comprovando a perversidade de sua índole. Aparentavam e na verdade eram — assim acreditei — capetinhas agrilhoados que definhavam em contato com nossa boa fé católica. Infelizmente, esta concordância com as teses esposadas por D. Sardinha não me valeu suas graças. O bispo era um pregador furibundo, intolerante com qualquer vício, por menor que fosse, sofrendo muito em Salvador, onde os colonos se comportavam como se o longo braço da Inquisição não pudesse atravessar o oceano. Os dias e noites registravam uma comprida lista de transgressões, prevaricações, adultérios, sodomias, infidelidades, um índex capaz de fazer corar Sodoma e Gomorra, para o desespero do prelado maior da colônia. Como seu secretário particular, tudo desabava sobre minha cabeça, condenado a ouvir diariamente seus clamores aos céus contra tamanha sordidez. Na verdade, outra função não possuía a não ser o urinol onde diariamente D. Sardinha despejava suas frustrações. Em vão solicitei uma paróquia ou outro tipo de serviço religioso. D. Sardinha parecia nutrir um prazer pessoal em me manter atado a seus pés, não somente ouvindo sem direito a comentários suas invectivas, como ainda era encarregado de satisfazer todas as suas vontades, que eram inumeráveis, dado o temperamento sistemático de sua pessoa.

Portanto, foi com alegria que acolhi a tarefa de me engajar numa expedição encarregada de fazer uma guerra justa contra uma tribo tupi. Ficaria por meses longe da perversa Salvador e da ranhetice do seu pastor e poderia, enfim, mergulhar no mundo selvagem que me atraía desde o chamado missionário na minha longínqua aldeia. D. Sardinha não teve como negar. Nenhum outro padre se apresentou, ou estavam doentes ou com um medo visceral acobertado pelos mais variados motivos. Os senhores da expedição tinham pressa, era preciso partir antes das chuvas. E, assim, consegui minha escalação. Como padre do empreendimento, minha função era bem simples: diante da aldeia deveria conclamar os indígenas a aceitarem Nosso Senhor Jesus Cristo e El Rey de Portugal como seus legítimos senhores. Caso os tupis não se submetessem, nossos expedicionários poderiam mover a guerra, destruindo suas cabanas e escravizando sua gente. Devo dizer que tal metodologia me pareceu intrinsecamente justa. Como filhos do demônio, não haveriam de se convencer com palavras santas ou os exemplos do Evangelho. Se fazia mister a exibição de um poder superior ao de Satanás, e se isto não funcionasse o baraço e o cutelo seriam a forma apropriada de conversão. E ainda que o preço a ser pago pela salvação fosse pesado demais, é melhor estar coberto de chagas com Deus do que sadio com Belzebu.

Não pretendo vos fadigar com o relato de uma marcha cheia de vicissitudes, por mais de um mês, pelos confins da mata. Para o bom entendimento desta história basta conhecer o seu epílogo. Através de um destes ardis dos quais o Cão é mestre, fomos surpreendidos. Chuva de flechas, gritaria, debandada, e acabei capturado por um ciclope com beiço de pau e plumas na cabeça. Conduzido até a aldeia, lá permaneci prisioneiro por longos meses esperando a morte que cedo ou tarde chegaria da forma mais horrenda possível, com meus restos servindo de pasto para meus captores. Nos dias em que lá passei somente saía da cabana para satisfazer as necessidades do corpo e o fazia olhando para baixo para não ferir minha vista com a paisagem pecaminosa. Rezava fervorosamente para que quando chegasse a hora estivesse à altura dos santos mártires, e minha solidão só era quebrada pela presença de uma jovem mulher que, logo percebi, me fora concedida como esposa. Todas as noites a índia entrava na cabana e se deitava lânguida na rede, me obrigando a dormir no chão. Em vão ela fazia gestos, pronunciando palavras que não precisava entender para compreender. No solo, permanecia imóvel, de olhos fechados, rezando pela salvação da minha alma.

Deus escreve certo por linhas tortas. Enviou Asmodeu ou Belial, enfim, um acólito de Lúcifer para me libertar. Ele apareceu sob a forma de um ser horrendo, preto de jenipapo da cabeça aos pés. Julguei ter chegado o momento, mergulhei nas preces e delas fui arrancado por um som melodioso: o demônio falava em português. Conforme mais tarde me explicou, era um dos grumetes desertores da frota de Cabral. Sem nenhum arrependimento deixara se arrastar pelo canto das sereias de bronze; tornara-se um deles, de grande prestígio. E como mesmo os demônios não podem se furtar às ordens do Senhor, tinha intercedido pela minha libertação. Era outra vez um homem livre. Após declinar de seu convite para aderir às hostes infernais, manifestei meu desejo de regressar imediatamente para Salvador, embora não soubesse achar o caminho no emaranhado da selva. Sem problemas: a criatura que velava minhas noites iria comigo, pois, como minha esposa, deveria me acompanhar. Debalde bradei contra a condição de marido, nem diante de Deus tampouco na frente dos homens, pois sem a consumação do fato não poderia haver casamento. Como se divertindo com meu desespero, o travestido declarou que isto não vinha ao caso. Se meu destino fosse a borduna, a moça estaria livre, e caso tivesse engravidado, o filho seria sacrificado ao nascer. Como sobrevivi, o laço matrimonial estava mantido. Foi assim que retornei à capitania, acompanhado pela índia que, é forçoso reconhecer, tratou-me de forma carinhosa durante o caminho, providenciando água e alimento, embora não perdesse ocasião para manifestar seu inconformismo diante da minha recusa aos atos carnais.

Minha narrativa ao bispo foi rigorosamente verdadeira. Descrevi com detalhes todos meus padecimentos sem, naturalmente, fazer referência ao suposto casamento que, de fato, não existia. Apresentei minha acompanhante como convertida à nossa fé, apenas me adiantando à verdade, resolvido como estava de incorporá-la ao rebanho de Cristo no prazo mais rápido possível. Desta forma, retomei meus afazeres normais, para minha grande infelicidade. A situação em Salvador ia de mal a pior, agravada pela aparição da peste e pelo gênio de D. Sardinha, cada vez mais irascível. Revoltado contra tudo e todos, sua aspiração suprema era regressar a Lisboa. A ordem desejada por ele e por toda a cidade, ouso dizer, não chegava e minha cabeça se tornou depositária de todos seus ressentimentos. Meu único momento de paz era quando me dedicava a ensinar os sacramentos para a pequena diaba da selva, quando uma inexplicável onda de alegria tomava conta do meu ser. Por sua graça, timidez, olhares, sorrisos, tornava muito agradável as horas que passávamos juntos me levando a questionar se realmente possuía uma natureza demoníaca. Levei a D. Sardinha minhas dúvidas; meu superior foi categórico: a conversão ao reino de Satanás se consumava somente quando no ritual antropofágico o indígena devorava a carne humana. A partir daí estava perdido para sempre, mas até chegar a este momento sua alma ainda poderia ser acolhida pelo Senhor. Reconfortado por este juízo, fruto da boa doutrina, me aferrei ainda mais ao trabalho de conversão que, infelizmente, devo reconhecer, avançava lentamente.

Dias mais tarde, por vontade do Bom Jesus, minha protegida foi acometida pelas febres, me causando vívida aflição. Comecei a passar as noites a seu lado, temeroso de que na escuridão fosse arrebatada de meu convívio. Talvez no meu desvelo tenha cometido algum excesso indevido, porém minha consciência está tranquila. Nada justifica os impropérios de D. Sardinha quando, levado por uma miserável insônia, irrompeu no quartinho úmido e sem ventilação. Como se fora o arcanjo da espada flamejante nos expulsou do prédio episcopal, na direção do olho da rua. No dia seguinte já estava com a excomunhão anunciada, pronta para ser entregue nas mãos do Visitador do Santo Ofício que deveria desembarcar em Salvador no mesmo barco sonhado por D. Sardinha para empreender a volta à terrinha. Fui tomado por justificado pânico. Uma coisa é perecer nas mãos dos pagãos, merecendo a recompensa celeste, e outra muito diferente é sucumbir entre as chamas a caminho da danação eterna. Isto sem falar que o golpe do tacape é único, dado somente uma vez, enquanto o processo inquisitório é uma dolorosa via crucis, repleta de tormentos destinados a moer os pecados. Como para um padre excomungado nenhuma porta se abre, me restou apenas a selva por onde me conduziu minha enferma, cuja saúde recobrava a cada passo dado entre os cipós.

Tangido pela injustiça, regressei à aldeia dos tupis, onde me encontro até hoje. Vedado meu retorno para a civilização, fui obrigado a me aclimatar entre os selvagens. Aprendi a caminhar no mato, caçar, pescar. Ando nu porque a batina se transformou em farrapos, ademais roupa não tem mesmo nenhuma serventia num lugar onde todos andam despidos sem culpa ou vergonha. Como fui expulso da igreja, o celibato perdeu toda razão de ser e tornei-me verdadeiramente esposo de minha índia, passando a considerar o conúbio carnal um refrigério criado por Deus para aliviar nossas desditas neste mundo. Por insistência de minha mulher passei a pintar o corpo, tomando parte nas festas e libações. Me tornei um respeitado membro da tribo, cultivando muitas relações, inclusive com o antigo grumete, com quem mato as saudades do idioma lusitano. Ao longo de nossas conversações fui percebendo que, se o capeta anda por estas terras, aqui chegou transportado pelas mesmas caravelas que conduziam o Menino Jesus, já que o diabo é também uma criação de Deus e num lugar sem o Criador o demo não poderia existir. Esclarecidas minhas dúvidas teológicas, passei a considerar isentos de pecado todos os costumes praticados pelos indígenas antes da descoberta da Ilha de Vera Cruz, incluindo aí a antropofagia. Aliás, esta noite mesmo teremos um banquete. A nau em que D. Sardinha retornava a Portugal soçobrou nos arrecifes e, como o bispo é volumoso, a festa promete ser grande. Pagando o mal com o bem, irei ajudar D. Sardinha a se transformar num mártir da Igreja, com direito — quem sabe? — a ser posteriormente beatificado ou até mesmo canonizado. Estranhos são os desígnios do Senhor.

o salto

AVENIDA ATLÂNTICA, JULHO DE 1922

OLHAR O MAR SEMPRE FEZ BEM para Diana Reis.

Era capaz de passar horas na janela do andar térreo, imóvel, sem se atormentar com os pensamentos, preenchida pelo movimento das ondas. Naquela manhã, como sempre, seu primeiro gesto foi erguer a vidraça. Mas, para além do recorrente sentimento de ter entrado no mundo sem permissão, uma urgência inexplicável corroía seu peito, se metendo entre a náusea que nunca chegava à erupção do vômito.

Diana Reis vivia para esquecer o ontem. Enxaguar nas espumas as lembranças do dia anterior era sua necessidade matinal. Não costumava demorar muito para o oceano deixar sua alma em branco como tela de cinema, por isto não entendeu a permanência da inquietação.

Pouco depois de assumir seu posto, Copacabana inteira foi sacudida por tiros de canhão. Do seu observatório ela distinguiu os vasos de guerra trocando disparos com a fortaleza encravada nas pedras do começo da praia. Depois de alguns minutos, o canhoneio cessou como o último sinal antes da sessão começar. Diana se recostou na poltrona e pela primeira vez na vida esperou alguma coisa acontecer.

Depois de horas, as imagens começaram a surgir. De início apenas pontinhos que, ao se aproximarem da lente dos seus olhos, se tornaram soldados sem divisas portando fuzis. Como os mocinhos do cinema, tinham o porte altaneiro e na fronte o manso desespero, apanágio dos heróis. Eram poucos — dezoito, diria a história mais tarde —, enfrentando um inimigo numeroso. Diana se surpreendeu com um aperto no peito, respirou fundo e aguardou o final.

Eles caminhavam com uma entrega comovente enquanto eram saudados por uma profusão de lenços brancos. Quase em frente do apartamento estancaram o passo. No meio da avenida um pelotão barrava o caminho. Ela adivinhou que o clímax se aproximava, seus dedos agarraram o batente da janela. Durante vários minutos observou um dos rostos agora tão próximos. Afundou nos olhos, se emaranhou nos cabelos, percorreu o nariz e só se sacudiu quando um tiro quebrou o encantamento. Viu o jovem soldado cair em câmera lenta transbordante de solidão, saltou da janela para a rua e foi atrás.

a carne negra

SALVADOR, JANEIRO DE 1835

NÃO ENCONTRAM O PROCURADO. A batida da polícia numa casinha sórdida na Rua dos Latoeiros se deparou com uma residência vazia. Nem sinal do negro visto no dia anterior na Rua do Ouvidor exibindo acintosamente para outros negros um medalhão com a efígie do não menos negro Imperador Dessalines, libertador de metade da Ilha de Santo Domingo, carrasco dos brancos, general vitorioso da revolução dos escravos e autoproclamado monarca do Haiti até tombar assassinado. As autoridades exigiram providências além das de praxe. A simples possibilidade de que os ventos ruins da ilha caribenha começassem a soprar no país com o maior número de cativos do mundo era deveras preocupante.

Fumaça é certo que não virou. Cobra, peixe ou onça pode ser. A qualidade de virar bicho tinha herdado de um antepassado chamado Macandal, senhor das ervas e poções, comandante da revolução pelo veneno que devastou os brancos da ilha chamada pelos franceses de Pérola das Antilhas. Mais certo é passarinho ou gavião, porque pouco depois da busca policial em sua casa no Rio de Janeiro ele apareceu em Salvador no meio das festas de fim de ano. Andando pelas vielas da Cidade Baixa, com altivez de proprietário de sua liberdade, passava por negro alforriado, encantando as escravas de ganho que deitavam brejeirices a seus pés. Uma delas o botou no rumo certo, apresentando Emereciana, africana cheia de poder, com autoridade para distribuir amuletos e benzer as pessoas. Dela passou para Pacífico Licután, um negro de ar severo, e aí, surpreendentemente, encontrou o que buscava.

Eustache Bronziers, capitão do exército haitiano, não estava a passeio nas terras do mais recente império sobre a terra, proclamado por Dom Pedro I há pouco mais de uma década. Não, senhor, tão distinguido cavalheiro tinha vindo atrás de coisa certa e sabida que se esconde nos porões, se esgueira pelas vielas à noite, contaminando os sofredores com seu inefável bodum. O jovem capitão de nome francês e pele retinta viera àquele mundo de escravos descobrir o esconderijo da fera. Desde que chegara exibia o santinho com a efígie de Dessalines, provocando o bicho para se mostrar. Agora, sem mais nem menos, estava em pé na sua frente, na forma daquele africano pacífico no nome e nas maneiras, mas com um olhar de sabres desembainhados impossível de enganar um veterano de sublevações como ele. O que Eustache buscava Licután tinha para entregar.

Apesar do interesse comum, os dois homens tinham notáveis diferenças. Eustache era um fervoroso iluminista. Tinha conhecido Paris no tempo dos jacobinos, quando os gritos de Liberdade, Igualdade e Fraternidade ecoavam em cada esquina e a Assembléia Nacional declarara extinta a escravidão nas colônias. Quando foi a vez de Robespierre subir ao cadafalso, adivinhou o que vinha pela frente e regressou ao Caribe. Chegou pouco antes do decreto de Napoleão restaurando o cativeiro na América francesa. Lutou contra a expedição comandada pelo general Leclerc, cunhado do Imperador francês, que vinha restabelecer a época infamante da escravidão. Cobriu-se de glória e sangue e, desde então. vinha participando das sucessivas reviravoltas daquela revolução dos espártacos pretos. Já Licután era um negro fula, capturado pelos iorubás e entregue ao tumbeiro português numa feitoria do Golfo do Guiné. Como todos do seu povo, era crente em Alá, no profeta Maomé e acreditava que os filhos do Islã não nasceram para serem escravos. Em Salvador, ganhara uma ascendência entre a comunidade africana, se autotransformara em alufá, um líder religioso maometano. Para Eustache, que só conhecia católicos, calvinistas e seguidores dos loas, o estranho Deus de Pacífico era um enigma. Mais ainda o incompreensível profeta em quem depositava tanta esperança. Porém, uma coisa era certa, gostavam das armas e eram cheios de orgulho por sua fé, duas condições imprescindíveis para quem vai se aventurar pelos borrascosos mares da revolta. Cumpridos os tortuosos rituais de segurança, conquistados pela verdade emanada pelos olhos, abriram o coração um para o outro. Eustache já era um veterano destas lides. Em 1815, acompanhara a entrevista do presidente Pétion com um aventureiro chamado Bolívar que, apesar de derrotado, sem armas e sem dinheiro, sonhava em libertar a América. Pétion concedeu navios e fuzis e pediu em troca a abolição da escravatura na nova pátria. Desde então, na alta condição de emissário da república negra, o jovem capitão estivera envolvido em rebeliões escravas pelo Caribe e por todas as Guianas, compartilhara o pão com grupos cimarrones, lutara lado a lado com os saramakás e depois de tantas estrepolias atravessara o Oiapoque e vinha descendo pelo Brasil. Já Licután era de temperamento sedentário, embora a viagem forçada que tinha feito se equiparava a um oceano. Tinha um ódio puro e, portanto, frio à sua condição de escravo. Soubera se conter, conquistara a benevolência do patrão, criara uma pequena mesquita nos fundos do terreno da casa onde servia, apoiara os africanos recém-chegados, perdidos na nova terra, angariara adeptos, expandira o culto, fizera as adaptações necessárias e agora estava quase pronto. Ele e a revolução que criaria o Califado Negro de Salvador.

Era a mais improvável das alianças, porém Eustache estava acostumado com estas lambanças. Em sua terra, negros católicos lutaram junto com os adoradores da Serpente Damballah e, mesmo com as proibições de Toussaint l'Ouverture — o herói máximo da emancipação —, os tambores do vodu nuca deixaram de animar os revoltosos. Ele próprio era a encarnação desta mistura, leitor de Rousseau, admirador de Saint-Just, correligionário de Robespierre e, ao mesmo tempo, carregando dentro de si heranças de velhas feitiçarias antigas como a África, tão eficientes quanto desprovidas de razão. Pragmático, Licután não se importava com este carrossel, o haitiano era importante por ser a prova viva de que um levante de escravos poderia dar certo. Até agora a maior dificuldade em conseguir adesões para a programada revolta residia exatamente no temor do seu fracasso, sempre acompanhado pelo cortejo de surras, açoites, torturas e mutilações. E para afastar o medo da derrota o haitiano era inigualável. No seu patoá era capaz de comover até o mais irredutível dos ouvintes, convencendo a plateia de que a rebelião seria irresistível e seu triunfo inevitável. Licután instalou Eustache num quartinho de um cortiço onde já vivia o alforriado Manuel Calafate. E, ali, o capitão passou a ministrar suas classes para um público de cativos e forros sedento pelas palavras envoltas em mel que anunciavam a boa nova.

Uma das mais assíduas era Chiquinha Linhares, a preta de ganho responsável pela apresentação do haitiano para Emereciana, que por sua vez o levara até Licután, virando, assim, o destino do jovem militar. Chiquinha tinha este dom atávico de fazer ligações, estabelecer conexões e, para a desgraça de Eustache de Bronziers, estava prestes a exercer este predicado mais uma vez. A pretinha, obsequiosa, tinha por senhora dona Lucíola

Tavares, antiga atriz de teatro, cuja beleza, embora começasse a se arruinar, ainda tinha profundidade e impacto. Musa Redentora da Pátria tinha sido seu último papel de destaque, doze anos antes, durante os desfiles comemorativos da independência. Daí para diante foi o lento deslizar para a obscuridade, freando a passagem do tempo com amantes de ocasião até receber Chiquinha de presente, dada por um fazendeiro de bom coração, preocupado com o sustento da amada depois que os seios vergassem em definitivo. Colocou a negrinha para vender os mingaus, canjiquinhas, tapiocas, toda a sorte de guloseimas que as duas fabricavam, e esqueceu os homens, abandonada que fora pelo teatro.

Foi Eustache quem reacendeu a chama e a fez desengavetar seus dotes de artista para envolver o capitão negro numa nuvem de sortilégios amorosos suspensos sobre seu leito agora outra vez palco de embates entre corpos. Gostava de representar para o amado, e seguidamente foi rainha destronada, mãe desesperada, escrava egípcia e jovem deflorada, cativando o admirador. O haitiano, pela primeira vez com uma mulher branca, passou da curiosidade aguçada pelo desejo a um tipo de querer que dizia para si mesmo se tratar tão somente de vício passível de ser interrompido assim que tivesse vontade ou a revolução ordenasse.

Assim passou 1834 e chegou o ano novo, com um clima febril invadindo as senzalas. Multiplicavam-se as orações para Alá, amuletos eram distribuídos em profusão e um burburinho dissimulado se elevava das ruas para os céus. Para resguardar o sigilo, as palestras na casa do calafate foram encerradas e Eustache, agora, passava os dias encerrado num escuro galpão onde a golpes de martelo e serrote fabricava para o levante um instrumento imprescindível para domar o ódio daqueles que iriam perder seus escravos. Ainda suado do trabalho manual ia se encontrar com Lucíola e com ela permanecia até altas horas da noite, evitando pernoitar. Até aos seus ouvidos chegaram os mexericos dando conta do escandaloso caso da antiga dama do teatro baiano com um negro desconhecido, porém não se abalou. Sabia que muito cedo tais comentários seriam varridos pelo vento da morte, companheira fiel de todas as revoltas. Se empenhava a fundo no trabalho. Licután tinha pressa e havia sido bem claro: todos os brancos iriam morrer, todos sem exceção. Entre estes todos se incluía Lucíola e não podia negar que isto lhe causava certo desconforto, porém não estava em suas mãos interromper esta história, pelo contrário, não esquecia os cachorros devorando os negros na arena de Port-au-Prince, com as damas francesas assistindo histéricas na plateia, tampouco as famílias negras se recusando a comer peixe para não devorar indiretamente seus parentes afogados pelos senhores bancos. Muito mais tinha visto em suas andanças. Nas Guianas verificara como cirurgiões cortavam os artelhos dos pés dos negros para que estes não pudessem fugir, assim como viu de perto madames com luvas sopesando os colhões dos escravos no mercado e belas donzelas de

Gana e Guiné com seus olhos vazados por ciúmes de suas amas. As recordações davam pressa e Eustache corria. A máquina precisava ficar pronta nos próximos dias, e por isto não ficava feliz quando Chiquinha Linhares irrompia no galpão. Ciúmes de sua dona empurravam a pretinha para os braços do misterioso preto de Santo Domingo, embora Eustache não se desse ao luxo de ouvir os seus queixumes de amor. Não deixava de dar razão à desventurada enamorada. Chiquinha era bem mais nova e muito mais bonita, porém, por motivos que não perdia tempo em perguntar, era atraído pela branca e com ela desfrutava enquanto não chegava a hora do iminente cataclisma.

O mês de janeiro entrou na sua segunda metade e os sábios islâmicos definiram a madrugada do dia 25 como o momento azado da revolta. Pelo calendário muçulmano esta era a Noite da Glória, quando Alá prende os djins e tudo permite aos fiéis. Eustache foi informado com a recomendação de guardar silêncio. Faltavam não mais do que cinco dias, tempo suficiente para concluir seu trabalho e fazer suas despedidas. Em duas manhãs terminou a faina e se preparou para a parte mais difícil. Primeiro foi falar com Chiquinha. Eustache sabia que era negra ladina, nascida no Brasil, e os malês, como eram conhecidos os muçulmanos negros, todos vindos da África, não reservavam um bom destino para esta gente, seriam mortos ou mantidos como escravos. Pensava em tomá-la sob sua proteção, mas quando fosse embora nada mais poderia garantir.

Assim, não regateou carinhos e a bela sestrosa se esbaldou na esteira. Foi embora, seguido por olhos compridos, e sem tirar o cheiro da pretinha buscou Lucíola. Foi mais difícil. Como atriz, ela conhecia as artes da premonição. Seu papel naquela noite era o de Medéia, atraiçoada por Jasão, o herói a quem dera amor e sangue. Foi uma interpretação memorável, despedaçando o coração do guerreiro. Enroscados como sucuris, vararam a noite, e pela manhã Eustache soluçava. Saiu sem explicar as lágrimas.

No dia seguinte, pela manhã, exibiu sua obra para Licután e outros maiorais da revolta. Recebeu elogios, depois acertaram como o engenho seria transportado até o Campo Maior, onde iniciaria seu labor tão logo a cidade se tornasse negra. Quando os filhos do Islã foram embora, Eustache cobriu novamente a máquina e sem perceber transformou-se num cachorro. Era a primeira vez que acontecia sem ser por sua vontade. Saiu para a rua e tratou de conhecer a cidade por seus cheiros. Farejou iniquidade, humilhação e aqui ou ali um perfume adocicado de esperança. Perto da casa de dona Lucíola tornou-se homem outra vez. Bateu na aldrava temendo que quando a estreitasse nos braços se tornasse cobra e a picasse no seio tal como numa peça representada pela amante. A ideia o perturbou, não sabia mais por que tinha ido parar ali. A porta se abriu.

Quando reabriu de novo deixou passar um Eustache de Bronziers altivo, marcial, com os problemas resolvidos, pronto para a glória. Por vontade própria se transformou numa onça preta e em plena Salvador rugiu de felicidade.

Fosse porque os alufás tivessem calculado mal os calendários astronômicos e a madrugada de 25 de janeiro não fosse a Noite da Glória ou por qualquer outro motivo, a sorte da batalha foi madrasta para os pretos. Acossados por tropas de linha, o grupo inicial dos insurgentes, após dura refrega, onde se bateu com galhardia, foi disperso pela cavalaria. Com o ombro rasgado por uma cutilada, Eustache regressou furibundo à casa de Lucíola. Que os outros fossem procurar a causa da derrota nas profecias do Alcorão, não era o seu caso. Como militar, sabia bem a razão do acontecido: ausência de surpresa. O inimigo fora avisado e estava de tocaia à espreita. Alguém dera com a língua nos dentes e ele sabia quem. Preocupado com a sorte da amada, tinha, no último encontro, a prevenido para que se ausentasse de Salvador o quanto antes. Mais não dissera, pedira segredo e agora ria amargamente de seu amor idiota que custara tão caro. Mortes na batalha, castigos, açoite, tortura, forca e, principalmente, a dor da derrota, a ferida fatal na esperança, provocada exatamente por quem tinha ateado fogo no coração dos homens e mulheres que agora iriam pagar o erro mortífero.

Arrancou Lucíola de dentro de casa e a arrastou pelas vielas até o galpão. Dentro do recinto desceu a cortina de seu trabalho, apresentando para Lucíola a admirável invenção do Dr. Guillotin, conhecida na França como a Viúva, e que ele nos momentos mais difíceis da revolução chamava de Promotora da Igualdade sobre a Terra ou, simplesmente, de Amiga Fraterna. A guilhotina que neste momento deveria estar sendo içada para seu catafalco no Campo Maior ali jazia inútil, incompreensivelmente virgem. Lucíola, com a camisola desfeita, os cabelos em desalinho, apavorada, viu sem compreender como o negro que a arrastara brutalmente pelas ruas agora estendia mão como se a convidasse para uma dança. Aceitou e os dois rodopiaram até junto da geringonça, onde ele a fez ficar de bruços sobre a prancha, como se fossem praticar um ato de sodomia. Ela só compreendeu do que se tratava quando a canga aprisionou seu pescoço. Segundos depois desceu a lâmina e sua cabeça espirrou.

Dias depois, quando Salvador vivia uma orgia persecutória contra os malês e os cães só farejavam medo e terror, Eustache Bronziers se esgueirou até o mercado onde um grupo de escravos suspeitos de contaminação islâmica estava sendo deportado. Sem que ninguém notasse, carregado de culpa, tomou seu lugar na fila, apertou no seu próprio pescoço o colar de ferro e desceu para o porão do navio.

a cabanagem

RIO DE JANEIRO, NOVEMBRO DE 1835

DIANTE DE SUA ESCRIVANINHA, Henry Stephen Fox, embaixador de Sua Majestade Britânica, se entregou à contemplação antes de molhar a pena no tinteiro. Através da ampla janela o Rio de Janeiro se afundava na luz do meio-dia. Um tílburi puxado por uma dupla de cavalos andaluzes, uma gorda escrava bem-vestida protegendo com uma sombrinha uma jovem escolar, cartolas que se cumprimentavam. Um mundo de tranquilidade incompreensível, principalmente quando se considera os terríveis acontecimentos no Norte do país. Diante de si a carta inconclusa que por força do dever tinha de retomar. Urgia informar o Primeiro Ministro em Londres. Encharcou a pena como se a afogasse em sangue e continuou.

"A facção vitoriosa, ou seja, a tropa de selvagens que agora domina o Pará, consiste principalmente em índios (deles existe uma numerosa população entre as Províncias do

Pará e Maranhão) e várias raças mestiças entre índios e negros, classificadas com a denominação geral de Cafuzos, estando, creio eu, entre as variedades mais sem valor da espécie, que vão exterminar a raça branca até onde estiver ao seu alcance. Se derem liberdade aos negros africanos e o receberem como pares e camaradas, ou eles os retiverem de fato como escravos, em seu próprio serviço, não temos como sabê-lo, mas uma união entre as duas raças de cor com a finalidade de cometer violências contra seus donos em comum parece ser o resultado mais provável".

O senhor Fox desaperta o colarinho, afogueado, com a mão pesada, sentindo-se o relator de inverossímeis pesadelos. Não é fácil ser uma testemunha mesmo que distante da derrota da civilização. É verdade, o mundo civilizado sempre lhe pareceu um intruso nestas plagas. A criação de um império em terras americanas sempre soou como descabida em seus ouvidos. Quatro anos antes teve a confirmação, quando o Imperador e Proclamador da Independência abandonou o trono e foi ser rei em Portugal, num reconhecimento explícito da loucura de sua iniciativa. Mas as suas premonições não aliviam o desconforto. Embora fruto do desvario inato aos trópicos, a queda de um império, desde Roma, é sempre um fato doloroso. Prosseguiu.

> *"Os índios acima descritos nunca foram legalmente mantidos em escravidão, mas talvez tenham sido os mais cruelmente oprimidos, e estão em estado de grande degradação moral, dotados ao mesmo tempo de uma coragem e força pessoal que, com sua enorme superioridade numérica, torna agora o contraste da força física aterrorizador para a raça branca considerar. A perda do Pará sob quaisquer circunstâncias seria um golpe severo contra a prosperidade do Brasil, mas o exemplo para o resto das Províncias do sucesso de tamanha insurreição como esta terá consequências muito mais terríveis".*

As aflitas informações do Vice-Cônsul Britânico no Pará autorizavam palavras dramáticas. O Primeiro-Ministro em Londres precisa estar consciente das proporções dos acontecimentos nestas ignotas regiões. Não mais um levante como tantos outros, enfrentado por Sua Majestade nos mais distantes confins do globo, mas, sim, algo inominável, uma ameaça como os clarins do Juízo Final. O Império Brasileiro parece naufragar em suas próprias profundezas e nos seus estertores vomita sobre seu corpo uma mistura de negróides e selvagens dispostos a submergir em sangue o mundo conhecido, como uma nova Atlântida.

O senhor Fox sorriu do seu exagero. Porém não deixou de considerar como realmente temerário o intento dos portugueses de juntarem num único país raças degeneradas sabiamente colocadas pela Providência em paragens distantes uma da outra. Agora chegava a conta salgada demais e para ser paga por todos, inclusive pelos súditos britânicos com seus comércios saqueados vivendo momentos de terror no longínquo Pará. Em busca de alívio, voltou a contemplar a rua. Negros por todos os lados, transportando liteiras, arrastando carroças, vendendo bugigangas. Através de que vias chega o chamado da rebelião? Ao vê-los tão cordatos, é difícil pensar que no Norte tenham se transformado em ferozes incendiários, auxiliando os índios em sua bárbara vingança. Porém, os relatos do Vice-Cônsul não deixam margens para dúvidas. Por duas vezes o governo legal foi derrubado. Na capital e na maior parte das vilas da imensa Província reina uma outra ordem e nisto consiste o anátema supremo. Os hediondos seres não se comportaram como Átila, que, fiel à sua natureza, apenas saqueou Roma, se retirando depois de destruir. Agora, não, na mais perversa das aberrações os celerados se meteram a governar, e não uma aldeia ou mocambo, mas exatamente uma cidade, a criação sublime da civilização. O senhor Fox buscou na sua memória exemplos semelhantes. Neste caso a comparação com Roma não era válida. Os bárbaros que puseram fim ao império, dando início à Idade Média, eram germanos; brancos, portanto. Mas a China não foi dominada por séculos pelos selvagens mongóis? Não era mongol Kublai-Khan, o imperador que fascinou

Marco Polo? E aqui mesmo no continente, na Ilha de Santo Domingo, não haviam os negros expulsado os franceses e constituído um governo, por onde certamente escorreu o veneno que infectou as costas paraenses? Estas perguntas por demais inquietantes, após tumultuarem seu cérebro, recuaram deixando intactas suas convicções. Conhecia por demais o Brasil e teve o presságio de que aqui, onde governar era tão difícil, mesmo para os brancos, o final da revolução nortista não poderia ter outro desfecho senão uma notável regressão. Na verdade, o erro consistia em considerar terminado o trabalho de amansar estas brenhas, julgar consolidado seu atrelamento a um modo de vida superior, não contabilizar que, apesar do esforço titânico desenvolvido por mais de trezentos anos, o espírito selvagem estaria sempre à espreita pronto para atacar. Com certeza foi o que D. Pedro I também considerou, antes de abdicar do trono e regressar com suas bagagens para Portugal, desistindo da ingrata tarefa de construir um império de araras e macacos.

> *"Não há, entrementes, nenhuma probabilidade de que os índios ou os negros venham estabelecer qualquer coisa parecida com um governo ou uma forma regular de sociedade. São, eu creio, muito menos adiantados em relação a uma civilização do que os negros de Santo Domingo quando se libertaram. Se a revolução não for domada agora, a*

grande e fértil Província do Pará pode ser considerada totalmente perdida para o mundo civilizado".

Ainda não era o ponto final. Precisava também reportar as desditas do Governo Regencial no Sul, onde enfrentava os revoltosos chamados de farrapos. Parou para tomar fôlego, levantou-se da poltrona e se debruçou na janela. Lá embaixo, na rua, um negro levantou uma cesta cheia de frutas na sua direção. O sol refletiu intensamente no dourado dos pomos. Mr. Fox suspirou e retomou a escritura.

---

* Os trechos em itálico fazem parte da correspondência de Sir Henry Stephen Fox ao governo britânico, reproduzidos no livro "Cabanagem — Documentos Ingleses" (David Cleary, 2002).

cinco minutos

LARGO DA CARIOCA, JUNHO DE 1958

DO GOLEIRO ATÉ OS DRIBLES do centroavante louro sobre Bellini e Orlando foram doze passes sem que nenhum jogador brasileiro tocasse na bola. Decorridos quatro minutos do primeiro tempo, mal o jogo havia começado veio o disparo mortífero que transformou o Largo da Carioca numa Hiroshima devastada pelo horror. A voz petrificada que saía dos alto-falantes remeteu a multidão ao porão de um navio negreiro com seu ranger de dentes. Estávamos perdendo e iríamos perder mais uma vez. Fado incompreensível ao qual estão destinadas as nações de sangue ruim, sem forças para o momento decisivo. Bola no centro do campo, nova saída. Num átimo, como fênix tropical, o locutor se transfigura narrando a arrancada destemida de nosso ponta-direita, que, apesar de acertar a rede adversária apenas pelo lado de fora, devolveu a esperança às nossas almas entorpecidas. Mas eu bem sei, a esperança pode ser uma farsante. Esta embusteira nos levara a depositar nossos corações em suas mãos naquela fatídica tarde oito anos antes. Durante vinte e poucos minutos depois do gol de Gighia ela sussurrou em nossos ouvidos seu cantar de sereia enganadora, prometendo uma reação impossível apenas depositássemos fé cega em sua louca ventania. Ao final só encontramos o abismo, o mesmo despenhadeiro onde mais uma vez estávamos despencando. Como um autômato, o narrador seguiu enumerando os nomes dos nossos e dos outros numa algaravia incompreensível aos meus ouvidos. Da Suécia, até então só conhecia Greta Garbo, cuja beleza agora cheirava a morte, soprada por cima do oceano que nos separava daquela longínqua cidade nórdica onde nossa repetida tragédia aguardava o apito final. Sem forças, esperei o machado se abater.

Um bate, rebate, na porta da área. A luminosa presença de Garrincha, o cruzamento rasteiro, a avançada irresistível de Vavá do Vasco e depois o frenesi, o Largo da Carioca sacudindo como serpente indomável os espectros daqueles segundos governados pelo medo.

Eram decorridos nove minutos do primeiro tempo. O futuro era radioso outra vez.

a defesa

ARRAIAL DE CANUDOS, OUTUBRO DE 1897

DO FUNDO DA TRINCHEIRA começaram a subir palavras velhas recitadas por lábios gretados pelo passar dos anos.

— Sete são as portas do Paraíso, sete são as virtudes, sete as qualidades do Cordeiro de Deus. Sete vezes destruiu o mundo, sete vezes recomeçou. No alto da muralha me encontro, o anjo do Senhor velará por mim. A senda do desespero meus pés não palmilharão. A fé não me faltará, a espada de São Miguel me guiará, o escudo do Conselheiro me protegerá. Vi o pão brotar do deserto, a luz sacudir a escuridão, o dragão colocar sua cabeça no colo de Nosso Senhor. Senti o perfume das flores no meio dos mandacarus, toquei no manto da Virgem e meu coração se transformou. Aqui estou e minha mão não treme. No sangue dos ímpios meus pés se lavarão, à derrota dos hereges meus olhos assistirão, o portão da glória atravessarei porque sou fiel e creio. Creio no Sagrado Coração, nas Sagradas Escrituras, na Santíssima Trindade. O Espírito Santo fez do meu peito fornalha e nas chamas da minha alma os pecados se acabarão. São Sebastião é o cavaleiro, de querubins são feitas suas legiões. Nossa Senhora é a madrinha e a coroa dos espinhos, a coragem do meu rei. Cristo governa, Cristo reina, Cristo impera. Da cruz Ele me carregou, em seu cajado me apoiei e a guarda do Belo Monte sua palavra me entregou. Não fraquejarei, não vacilarei e aos pés de Nosso Senhor a vitória depositarei. Louvado Seja o Nosso Senhor Jesus Cristo!

Ao redor do velho, as vozes de uma mulher, um jovem e uma criança responderam:

— Louvado seja tão bom Senhor.

Em meio ao incêndio que devorava as últimas casas do arraial, o velho assestou seu bacamarte. Como mais tarde narrou Euclides da Cunha, na frente dos últimos combatentes de Canudos rugiam quarenta mil soldados.

a voz

SÃO PAULO, JULHO DE 2014

COM DEZ ANOS DE IDADE me chamavam de gatinho. Queriam colocar um laço de fita no meu pescoço, depois apertar até que os intestinos enchessem de merda o fundo das calças e a língua arroxeada escapasse pelo meio dos dentes.

Era assim que a Mineira fazia naqueles tempos. A Polícia Mineira, que depois os jornais chamaram de Esquadrão da Morte, gostava de estrangular os bandidinhos em quem não valia desperdiçar uma bala. Até hoje lembro da voz. Era suave, acolhedora, dizia não querer me fazer mal e eu quase me entreguei. Quem está cansado de desesperar acredita em qualquer coisa. Meu anjo da guarda não deixou. Fiquei quieto e escapei. Vem daí o valor que dou ao silêncio. Quem grita quer morrer. Quem acredita na doçura terá o corpo salgado, por isso tenho sete vidas vezes sete, conta de gato esperto ao quadrado.

Fui ficando, esquecido pela vida, protegido pela morte e conservado pela verdade; odeio mentiras. Talvez por isso aquela voz não me sai da cabeça. Se você quer fuder a vida de alguém não pode vir com conversa mole, falando baixinho, como mãezinha querida ou namorada no cio. Conhece coisa mais sacana do que aquele jogo do tira ruim e o bonzinho, useiro e vezeiro nas delegacias? Quando foi a minha vez tive vontade de vomitar. Sempre achei que matar pode, enganar, não. Vivi de acordo com este princípio e não vou me afastar agora.

Foi isso que expliquei aos meninos do partido quando veio da cadeia a ordem do Salve Geral. Apreciei o comando, até a recompensa dispensei. Vou fazer por gosto sem usar de ardil nenhum. Nada de isca, de guria enganosa, de aviso falso ou simulação. Vou simplesmente atravessar na frente do alvo e como um mensageiro do céu avisar: Hora de morrer, filho da puta! Porque polícia merece. Menos pela crueldade e muito pela falsidade que carregam na alma.

Assassinar mentiras. Esta é minha função sobre a Terra.

os príncipes

NITERÓI, MAIO DE 1979

A CLASSE OPERÁRIA É UM BICHO cheio de sutilezas, pensava o Velho enquanto lia as notícias, saboreando a lembrança do seu tempo nos estaleiros. Durante anos trabalhara de cara para o mar. Era um privilégio não enfrentar os galpões fechados, a linha de montagem, ter o horizonte como a parede do seu departamento. Sempre acreditou que as ideias chegam pelo oceano, atribuía a isto o esclarecimento dos operários navais, sempre na primeira linha das mobilizações do antigo CGT.

Todos gostavam de contar suas qualidades. Seus amigos ferroviários paravam o vento toda vez que uma lanterna vermelha no meio da noite detinha uma veloz locomotiva, anunciando o começo de uma greve. Os peões da construção civil se gabavam do privilégio de viver no céu e os gráficos costumavam citar seu amor pela leitura.

Para o Velho, eram todos príncipes de uma nobreza antiga. Com as façanhas narradas por seus bardos trovadores. Sorridente, ficou imaginando as histórias que iriam contar aqueles operários de São Bernardo, cuja foto estava estampada na primeira página do jornal.

aiati

GUANABARA, MARÇO DE 1565

YAMANDU RETESOU O ARCO.

Aiati se banhava nas ondas. O verde roçava suas coxas, as espumas emolduravam seus cabelos.

Yamandu sentiu o peso do arco, a flecha ansiosa por partir, os peitos volumosos de Aiati prontos para abrigar a ponta de osso que ele podia disparar a qualquer instante. Tinha de fazer. Não fez.

Viu Aiati sair das águas com a enorme barriga confirmando a violação do preceito. Gêmeos, só podia ser, pensou enquanto baixava o arco. Nem mesmo a confirmação do hediondo o fez erguer a seta outra vez contra a paixão saída do oceano. Não tinha forças.

Era a segunda vez que encontrava Aiati desde a fuga da cunhã. Na primeira teve a confirmação daquilo que seus dotes de pajé já anteviam. A menina era conduzida por uma alma inimiga, o espírito de um guerreiro tapuia abatido por ele com um golpe de borduna, durante uma incursão à taba adversária. O morto se vingara carregando Aiati, prometida de Yamandu.

Quando encontrou os dois, estavam a ponto de começar a jornada para a aldeia dos antepassados do tapuia, de onde Aiati não voltaria. A menina não sabia que viajava com a morte. Durante a fuga tinha se afeiçoado ao seu raptor. Deitara na rede do espírito e agora carregava dentro de si sua semente. Yamandu ainda não sabia disto e disputou sua querida com fervor. A alma tapuia cantou, fez invocações, seduziu, em vão. Aiati se recusou a morrer, ainda mais que tinha a barriga cheia de vida. Derrotado, o espírito partiu em busca dos seus parentes. Yamandu também ficou sem prêmio. Aiati não queria se casar com um velho e se recusou a voltar para a aldeia. Seguiu seu próprio rumo.

À distância, Yamandu continuou seguindo sua amada. À medida que as luas passavam, foi notando com preocupação como a barriga de Aiati crescia. Não deixou também de perceber que a cunhã seguia em direção das grandes águas em cuja beira se erguiam as maiores aldeias dos tupinambás. Se os gêmeos nascessem, iriam derramar toda sua desgraça sobre o povo. Não podiam viver. Ele podia esperar que as crianças viessem ao mundo, se apoderar delas, enterrá-las bem fundo, porém um camaleão, bicho preferido dos pajés, havia lhe avisado que iria contemplar Aiati pela última vez. Não tinha escolha. Por isto empunhara o arco, mas seu coração não libertara a flecha.

Ele viu Aiati caminhar pela areia até desaparecer no horizonte. Depois voltou para a mata.

Não demorou muito tempo até chegarem na aldeia os sobreviventes de Uruçumirim, a taba com mais de mil viventes junto do mar, comandada pelo grande Aimbirê. As notícias eram terríveis. Haviam sido atacados por homens barbudos inimigos, com grande ferocidade. O combate durou três dias, o cacique maior dos tamoios tivera o corpo atravessado pelas espadas, os guerreiros também mortos, as ocas incendiadas, mulheres e crianças decapitadas. Por toda orla da bela Guanabara os tupinambás estavam sendo varridos. Yamandu pensou em perguntar pela mulher com filhos gêmeos, mas não achou necessário. Era evidente que Aiati havia passado por lá.

maresia

LITORAL SERGIPANO, AGOSTO DE 1942

MARIANA E KLAUS TINHAM UM ENCONTRO marcado no centro do oceano. Ao se despedir dos conhecidos, ele se fartou com as moças do porto de Brest como menino em loja de doces. Mariana chorou, encheu as malas de solidão e subiu a bordo. Zarparam com dias de diferença, derramando o coração pelas ondas. Enfrentaram a monotonia da paisagem cada um a sua maneira. Mariana ficava a imaginar que as águas e o céu trocavam de lugar, com tubarões a deslizar sobre sua cabeça. Klaus, sem ver o mar nem o firmamento, tinha todas as noites sonhos que subiam e desciam como gôndolas de roda gigante. No primeiro era um corvo, no segundo corria atrás de vacas e no terceiro era morto pelo próprio pai.

Apesar de prometidos, não se sabe se suspeitavam da presença do outro. Antes de Klaus cruzar a Linha do Equador, com certeza, não. Depois que o rapaz adentrou o mar do sul atulhado de polvos, águas-vivas, cavalos marinhos e outros nervos expostos é bem possível que tenha sido anunciado por um destes seguros mensageiros. Mariana talvez tenha percebido algum sinal, embora, agora não há mais dúvida, sem a menor clareza. Porém, algo sentiu, porque se recolheu ao camarote onde passava os dias a recortar figuras de papel.

Klaus gostava de varar as imensidões líquidas dentro de sua armadura. Tinha saudades precoces num garoto, tristeza a escorrer pelos lábios e pupilas azul-celeste afogadas em águas sem fundo. Desde que penetrara no Hemisfério Sul era perseguido pela sensação de cumprir destino além da missão assinalada nos quartéis cheios de lobos-do-mar. Ia em frente. Sem ver, sem perguntar.

Foi pelo periscópio que o jovem capitão da Kriegsmarine viu pela primeira vez o navio onde viajava Mariana. Quando emergiu, ela já se encontrava no convés, contando as estrelas. Neste primeiro encontro não se viram, se adivinharam. Porque outro motivo não tinha para ficarem assim embalados pela maresia, saboreando o céu, se entregando ao desconhecido em plena escuridão.

Naquela noite o submarino de Klaus seguiu o velho navio do Lóide Brasileiro como cachorrinho atrás da dona. Por três vezes mergulhou e emergiu, como namorado com medo de se declarar. Na última, Mariana jogava no mar os pedacinhos de papel colorido que se transformavam em pontos luminosos ao tocar na água.

Foi atrás do rastro deixado pela amada que os torpedos seguiram feito carta endereçada, relutante em chegar.

Depois da explosão, Klaus admirou por um momento os mil fogos de artifício e mergulhou novamente com o peito rasgado por suas próprias mãos. O Baependi, velho vapor misto de carga e passageiros, afundou devagarinho, se despedindo do céu através dos últimos pedacinhos de cores atirados pela borda por uma garota triste.

Mariana foi recolhida por um pescador. Dizem que neste amor foi feliz.

anarquia

CAIENA, AGOSTO DE 1810

ESTAVA REUNINDO OS BOIS NO CAMPO quando ouviu os tambores da Legião. Fincou os calcanhares nas ancas do cavalo. Quase todos seus conhecidos fugiram apavorados ao ouvirem o rataplan. Firmino foi atrás. Acabou engajado na tropa, vestindo o uniforme tecido pelas damas de Belém. Deixou a ilha do Marajó dentro do navio inglês junto com os soldados tapuias, todos parecidos com ele mesmo. Iam para o Norte.

A bordo foi informado dos propósitos da viagem. D. João, o príncipe regente, refugiado no Rio de Janeiro, depois que Napoleão invadira Portugal decidira reagir e ordenara ao Grão Pará, agora também Brasil, enviar uma expedição para conquistar a terra amazônica dos franceses, chamada de Guiana.

Abastecido por estas e outras tantas informações a invadir seus olhos e ouvidos, o mundo de Firmino deu muitas voltas. Saracoteou por florestas sublimes em tudo diferentes dos campos rasos marajoaras onde crescera; embrenhou pelo emaranhado de sons chamados pelos outros de inglês e francês; desembarcou em terras de igarapés ouvindo pela primeira vez o troar do canhão; viu a fúria dos negros transformados em soldados a incendiar fazendas; adentrou uma cidade, a primeira da sua vida, cujo nome — Caiena — parecia o assobio de uma flauta de osso; e, acima de tudo, conheceu Anne-Marie.

Foi três meses depois da rendição dos franceses. Estava em La Gabrielle, o horto da povoação, onde recolhiam mudas de canela, cravo e outras especiarias para enviar além-rio, quando a viu entre as aleias de manjericão. Primeiro foi o cheiro, depois o negror dos olhos, por fim os cabelos soltos até os ombros como mulher nenhuma ousava usar. Foi o suficiente.

— Abre os olhos e o coração para a plenitude da felicidade; reconhece e proclama conosco a República dos Iguais!

Na primeira noite que passaram juntos, Anne-Marie declamou esta frase como um libelo programático do amor entre os dois. Era a linha final do famoso manifesto de Graco Babeuf e em si mesma a explicação da presença da francesa na inóspita Guiana. Conjurada, condenada e deportada para sempre, Anne-Marie pagava entre a selva e a malária o delito de considerar a Igualdade a mais importante das três virtudes da Revolução Francesa. Tinha doze anos de exílio, continuava bela e obstinada. Como considerava a ignorância uma das razões da desigualdade entre os homens, ensinou Firmino a ler o idioma galês, coisa que o rapaz não sabia fazer na língua pátria. No seu aprendizado, o vaqueiro marajoara transformado em soldado percorreu as páginas de Rousseau, Marat e Voltaire, além da inevitável Declaração dos Direitos do Homem. Tornou-se um leitor contumaz, maravilhado por aqueles sinais gráficos que tinham o dom de abrir horizontes. De todos os autores do período da revolução, desenvolveu um apreço especial por Restif de la Bretonne, o velho sátiro de "Noites de Paris" e "Anti-Justine", que celebrava em suas obras libertinas um sexo livre, desavergonhado, isento de culpa, dores ou torturas, igualmente prazeroso para o homem e a mulher. Também neste escritor foi iniciado por Anne-Marie, que se comprazia em acompanhá-lo na leitura feita em voz alta, debaixo dos lençóis, como aperitivo ou sobremesa de delícias maiores.

Quando terminou de ler o último livro existente em Caiena, Firmino foi buscar histórias na boca das pessoas, passando a ser ouvinte atento tanto das rodas de batuque como dos círculos revolucionários que continuavam se reunindo e tramando naquelas lonjuras apenas para não perder o hábito. Aprendeu de cor a "Marselhesa" e a cantava todas as manhãs. Passou a admirar a revolução como uma boiuna a botar fogo pelas ventas, tudo levando de roldão. Odiava a ociosidade do quartel e adorava fazer rondas, vasculhando as ruelas da mísera povoação, admirado com o grande número de negros e negras que trabalhavam incessantemente, procurando nas suas observações a confirmação das teses explicativas sobre a origem das diferenças sociais.

As noites podiam ser maravilhosas se passadas com Anne-Marie. Os dois se transformavam em personagens de Restif: ele, o grande fodedor, ela, a ingênua; ele, o pai devasso, ela, a filha devotada; ele, o padre fornicador, ela, uma feliz pervertida. As noitadas também podiam ser ruins, quando era obrigado a ficar de guarda, vendo as horas escoarem entre a jogatina na caserna, as reclamações do soldo atrasado, as saudades do Pará. E certamente eram péssimas quando estava livre, dispensado, e Anne-Marie inventava histórias, sempre absurdas, para não ficarem juntos. Um dia, aborrecido, perguntou por que ela mentia e a resposta veio sem esperar.

— É para te castigar por perguntares o que jamais deve ser perguntado.

Enraivecido, Firmino foi buscar vingança com as putas, apenas para descobrir que o sexo vendido não mais o saciava e os bordéis não passavam de casas da solidão.

Mesmo a tradicional discrição dos franceses não conseguia resistir ao bodum tropical da pequena Caiena, assim não tardou para Firmino ter notícias por bocas variadas das andanças noturnas da sua amante. Por vezes nos braços de um professor grisalho, veterano do exílio, por outras com um jovem contador míope ou então com um negro saramaká. Quando Firmino jogou na cara dela estas revelações, Anne-Marie lembrou com candura que jamais se opusera às suas tropelias com as negras abundantes nos festins promovidos pela soldadesca. Ele tentou jurar fidelidade futura, porém Anne-Marie não o deixou concluir a promessa. Liberdade, Igualdade, Fraternidade deveriam comandar a vida das nações e dos casais.

Sem encontrar conforto em outros braços, Firmino passou a mergulhar nos livros nas longas noites longe de Anne-Marie. Relendo as obras iluministas, desnudou os complicados mecanismos que engendram o mal no mundo, compreendeu os terrores do despotismo e tomou consciência das responsabilidades de cada ser humano frente à Humanidade. Nos intervalos do carteado passou a pregar as novas ideias para os companheiros de farda e no leito revelava para a amada os avanços de seu trabalho de sapa, corroendo os alicerces da ocupação. Anne-Marie sorria encantada com as revelações. Para ela soavam como bravatas de menino querendo impressionar sua eleita. Como prêmio se entregava ainda com mais ardor.

Para Firmino era cada vez mais doído. Quanto mais lia nos textos de Babeuf que a propriedade individual é a fonte de todas as desgraças da raça humana mais desejava Anne-Marie só para ele. Debalde repetia para si mesmo que as leis naturais e sociais são as mesmas e nem mesmo o pansexualismo de Restif, com o gracioso dispor de pais e irmãos de suas filhas e irmãs, lhe acalmava a alma devorada por um desejo absoluto. Quanto mais avançava sua conjura, aproveitando o descontentamento dos companheiros de farda para conquistar novos adeptos, mais se sentia solitário no mundo.

Um dia chegou o fim. Cansada dos ciúmes, Anne-Marie disse adeus numa luminosa manhã, dessas em que nada de mal pode acontecer. Sem raiva, sem pena, com afeto, de forma indiscutível, como agradecimento que não permite mais nenhuma palavra. De noite, enquanto rodava sem rumo pendurado na volta da lua minguante, foi avisado por um soldado bêbado que não deveria se apresentar no quartel no dia seguinte. Havia uma lista com os nomes dos agitadores procurados por fomentarem a desordem social entre as forças de ocupação. Seu nome encabeçava a lista.

Horas mais tarde deslizava rio abaixo, deixando para trás Caiena, seus amores e revoluções. Mas sua temporada não tinha sido vã. Dentro de uma bolsa de pano levava os livros.

travessias

RIO DE JANEIRO, ABRIL DE 1975

ERA UM DESSES DIAS em que desejava ser outra pessoa e se revoltava contra a injusta condenação de ser todas as horas o mesmo indivíduo. Nunca entendera a razão deste desatino. Desconhecia justificativas para a obrigação de ser todas as horas o mesmo sujeito sem poder variar um minuto sequer.

Não estava insatisfeito com a sua vida, não era isto. Simplesmente gostaria de viver, por um momento que fosse, outras experiências, vivenciar mundos novos, falar outras línguas, ter outros amores. Neste trinta de abril, por exemplo, daria tudo para ser um plantador de arroz encarapitado num tanque de guerra entrando em Saigon com a bandeira do vietcongue.

o imperador

ITAPECURU, SETEMBRO DE 1842

PELO AR DO CORREDOR FÉTIDO pululavam microrganismos coloridos que abriam veredas de luz para os passos do padre. Por muitas vezes ele tinha feito este caminho. Nunca, porém, sentira esta pressão no peito, a alma dolorida como as procissões do Cristo morto. Com a mão mais pesada do que porta rangedora abriu para si o cubículo onde o paciente já o esperava impávido, sentado na beira do catre. Cobriu os ombros com os paramentos, começou a pronunciar as palavras rituais da última confissão quando foi abalroado por um jato de palavras que o arremessaram parede adentro. Pelo resto de sua existência o cura rememoraria as imagens feéricas afogarem o pequeno quarto brotando de uma boca que tal como olho d'água não parava de jorrar. Foi levado de roldão pela fala do negro, passeou por mazelas, grilhões, sofrimentos insanos narrados com argúcia pelo escravo alforriado à sua frente. Reparou que, apesar das histórias pungentes, o narrador não se compadecia nem era levado pela autopiedade, como geralmente acontece aos homens na sua situação. Falava como um testamento, palavras medidas como quem meditou muito sobre o que haveria de dizer. Metódico, discorreu sobre as tristezas da escravidão, a lancinante impotência e, enfim, a revelação de seu destino dada não por um gesto piedoso, mas, sim, pelo assassinato de um branco que o ofendera terrivelmente. O vigário nem pôde respirar e já era arrastado novamente, agora pelo interior do Maranhão cruzado de alto a baixo pelo penitente pregando o fogo da rebelião. Teve a impressão de que o teto explodia enquanto o confessado citava o raio, o corisco, a caninana, o sete-estrelas, a andorinha e o tigre, nomes de seus companheiros de tropelias, incendiando plantações, decapitando fazendeiros e, no seu dizer, semeando liberdade. Mais adiante, com a voz ligeiramente trêmula, o condenado recordou a escola que mandara construir porque o conhecimento é lança e escudo de quem deseja ser livre e, alcançando um tom épico como se cantasse uma ária, descreveu as luminosas matinas do mocambo da Lagoa Amarela, onde comandara mais de três mil pretos armados e livres. O vigário, por mais absurdo que parecesse, teve a impressão de ouvir trombetas celestiais quando ouviu o relato dos passeios do negro, conduzido num andor pelas terras de seu império, concedendo alforria aos recém-chegados e abençoando os nascituros que jamais haveriam de conhecer os horrores do cativeiro.

Depois ele se calou e voltou a ser apenas um negro facinoroso, derrotado, aprisionado pelas tropas imperiais.

Para o padre foi como se tivesse caído o pano após a apresentação de um espetáculo soberbo. Arrebatado e compadecido, se arrastou para fora do calabouço meditando sobre a quantidade de desgraças envolvidas no destronamento de um monarca.

Não se arrependeu dos seus sentimentos. No dia seguinte, em cima do patíbulo, teve a confirmação. O negro assobiava com a nobreza de um passarinho enquanto o carrasco apertava o nó em seu pescoço. O alçapão se abriu, o condenado ficou pendurado na ponta da forca, e o sacerdote foi embora murmurando que o governo havia cometido um regicídio ao enforcar o negro Dom Cosme Bento Chagas, conhecido por sua gente como o Tutor e Imperador da Liberdade Bem-te-vi.

a rendição

MAURITZSTADT, JANEIRO DE 1654

ESTAVA DESESPERADO.

Você também não ficaria se soubesse que a carta do fim do mundo fora assinada?

Efetivamente tinha sido assim. As palavras do preto amigo, meirinho no Palácio de Vrijburg, não deixavam lugar para as dúvidas. Horas antes, os membros do Conselho de Justiça, os representantes da Câmara de Escabinos, os integrantes da Câmara de Contas e os comandantes da Milícia dos Burgueses da até então invencível Mauritzstadt, chamada pelos portugueses e brasileiros de Cidade Maurícia, tinham assinado a infamante ata de capitulação.

Passara os últimos cinco anos, desde as duas derrotas naqueles morros malditos dos Guararapes, temendo e suplicando a Deus para enviar mais velas holandesas destinadas a reconduzir o trópico brasileiro ao seu devido lugar. Vãs orações que certamente chegaram aos céus mas não tocaram os ouvidos dos chefes da Companhia das Índias Ocidentais, em Amsterdam.

Os dias foram se tornando cada vez mais difíceis, com o cruel bloqueio naval português apertando o laço devagarinho. Primeiro desapareceram os cavalos, em seguida Mauritzstadt se tornou uma cidade estranha onde os cães não mais latiam e não faz muito tempo até os ratos entraram em falta. Na urbe, edificada por Maurício de Nassau, em glória de seu próprio nome, os montes de sujeira se amontoavam nas ruas, os jardins estavam desgrenhados e até os antílopes vagavam pelas ruas, libertados por seus tratadores do Jardim Zoológico que já não tinham como fornecer alimentos.

Apertou o passo sem se deter diante do portão fechado da Zuhr Israel, a sinagoga da nação judaica, refúgio dos israelitas perseguidos na Europa. Até eles tinham sido protegidos pelos capitães batavos do Brasil. No termo de rendição as autoridades haviam feito constar a exigência de quartel e bom tratamento para todas as gentes abrigadas sob o manto da Holanda: alemães, ingleses, franceses, polacos, inclusive os judeus. Todos foram citados, apenas seu povo fora miseravelmente esquecido. Logo eles que nunca tinham negado seu braço para conquistar terras para os holandeses e almas para a verdadeira religião. Sem o arco, a lança, o tacape dos Potiguares, aonde teriam chegado os soldados da Companhia das Índias Ocidentais? Como teriam conseguido romper o cerco em Olinda e se espalhar desde o Maranhão até o Sergipe? Quem guiara aqueles brancos que fritavam ao sol pelas veredas das matas e os vaus dos rios? Quem fazia tremer os portugueses e até mesmo os nascidos aqui, arrancando vitórias dos combates mais desesperados? Que comandante holandês podia se igualar a Pieter Poti, levado jovem para Amsterdam, iniciado na fé calvinista e, de volta às terras brasis, se revelado além de formidável guerreiro um poderoso orador capaz de impedir o primo Felipe Camarão de levar todos os potiguares a apoiarem a Coroa portuguesa?

Acompanhara Pieter em todos seus feitos, nos combates, nas vicissitudes, nos massacres onde se vingavam dos tormentos que os inimigos infligiam aos índios. Sim, porque, quase sempre, depois de uma vitória os portugueses e brasileiros tratavam bem os holandeses derrotados e não se esqueciam de degolar os indígenas adversários. Era sobre os ombros despojados das cabeças dos guerreiros potiguares que descia o peso das derrotas e, mesmo assim, tinham permanecido fiéis, ainda que a sorte das batalhas tivesse abandonado as fileiras dos Países Baixos.

Passara os últimos anos afogado em sangue. Matara não somente portugueses, negros, mulatos, mas também os parentes que por motivos incompreensíveis haviam escolhido o lado dos escravizadores da sua própria gente. Tinha estado com Pieter Poti nas terras holandesas, visto o esplendor de suas riquezas, de suas embarcações, de suas cidades, compreendido a malignidade do Papa e, de volta ao Brasil, se convertera em implacável carniceiro dos servidores de Portugal, fossem europeus, mamelucos, africanos ou mesmo índios, como ele. E, agora, ao final o que restara?

Depois da segunda derrota em Guararapes, Pieter Poti caíra prisioneiro e, apesar de submetido à arte da tortura, exercida pelos católicos ibéricos com grande maestria, permanecia firme como uma rocha sem renegar a fé protestante, rejeitando todos os convites para mudar de lado. Antes, já tinha demonstrado igual firmeza, repudiando as torpes missivas enviadas por Felipe Camarão, que o conclamara a unir os potiguares sob a bandeira de Portugal. E o que recebia em troca? Seria abandonado no calabouço enquanto os holandeses embarcariam fagueiros em suas naus de volta à terra natal.

Atravessou a ponte entre o continente e a Ilha de Antônio Vaz acometido pela dura certeza de que seu destino e de tantos outros potiguares ainda em guarda contra os portugueses no Maranhão e no Ceará não seria diferente. A mais terrível escravidão nas mãos dos lusos e brasileiros era a paga dos holandeses por tantos anos de dedicação. Teve asco de si mesmo. Despiu cuidadosamente toda sua roupagem flamenga, zombou em silêncio de todos e, nu como um potiguar, mergulhou nas águas do rio.

olhos pretos

CAIS DO VALONGO, ABRIL DE 1813

MENINO, PARA A ÁFRICA, não embarques!

Tinha ainda no ouvido a advertência escutada horas antes quando com a ponta do dedo assinou seu engajamento com o Feliz Destino, um bergantim de três mastros, destinado exatamente ao continente negro. Não é que desdenhasse do conselho de Antônio, carpinteiro afamado no reparo de embarcações negreiras e seu melhor amigo; outra alternativa não aparecera no porto. Por várias horas tinha percorrido o Cais do Valongo e entre as diversas sumacas, patachos e brigues ancorados não havia um que não fosse um tumbeiro. Assim escolhera pelo nome, marinheiro de primeira viagem sem acesso às rodas dos mais antigos onde se trocavam conversas sobre os capitães, mantimentos, o estado dos navios e outras informações indispensáveis para quem se lança no mar. Com dezesseis anos, alforriado, sem eira nem beira, conseguira apenas um lugar como moço de bordo, com o soldo a ser definido no regresso, de acordo com a avaliação do comandante.

Melhor do que nada para quem ansiava ganhar horizontes, se afastar da terra e descobrir por si mesmo por que diacho de razão tinha sido posto no mundo.

No dia seguinte partiu sem sentir pena de nada nem ninguém. No cesto da gávea, vendo o mar e o céu se confundir, ele se embriagava com o zumbido do vento, as metamorfoses das nuvens, encabritado sobre emoções que não sabia descrever. Era o seu momento de maior alegria, quando deixava de lavar o convés, encerar o tombadilho, polir as roldanas, ferrar as velas e era lançado para o ponto mais alto do mastro para de lá avisar a quem embaixo estava dos sinais anunciadores das mudanças de humores do oceano. Alegria igual só sentia quando acompanhava os cantos da marinhagem durante a faina diária. Delirava de júbilo, participando do cantochão daquela estranha irmandade atlântica onde finalmente encontrara seu lugar.

Segundo o carpinteiro Antônio, era preciso que os veleiros destinados à África se afastassem do ponto de partida para o mal fazer sua aparição. E assim foi. Tudo correu bem até o décimo quinto dia de navegação, quando os ventos cessaram por completo. Com a calmaria, uma tensão surda foi aos poucos tomando conta do Feliz Destino. Murcharam as conversas entre os marujos, os oficiais ficaram irascíveis, um temor sorrateiro começou a se insinuar pelos costados. A comida azedou e dois marinheiros se excederam nos protestos junto ao contramestre. Foram amarrados na proa e açoitados lado a lado. A partir daí não deixou de perceber como um cheiro ruim, uma textura oleosa e sussurros enregelantes passaram a envolver o navio, permanecendo mesmo depois do regresso dos ventos.

Na trigésima quinta noite avistou as parcas luzes de São Paulo de Luanda, o porto ansiado pelo Feliz Destino na costa africana. Por um instante pensou na sua mãe, embarcada neste mesmo local há muitos anos atrás. Mas não por muito tempo. Pouco tinha para lembrar, levada por Deus ela tinha sido quando ainda muito pequeno. Órfão de mãe e liberto desde a nascença, oferecimento do pai branco que não podia se declarar, zanzou pelas fazendas e, depois de transformado em gente, embicou para a cidade onde viveu de pequenos ganhos até resolver conhecer o avesso do planeta e descobrir que Luanda não era o outro lado, era o princípio do mundo. Tudo começava ali, e esta certeza foi se confirmando na sua cabeça enquanto percorria os barracões vazios de cativos; sentia o cheiro azedo de pólvora misturada com cachaça; rolava nos jogos de azar que, aí, boa sorte costumava ter, conquistando os cobres para seguir vivendo durante a longa espera. Não estava sozinho. O mal encastelado no tumbeiro descera com ele à terra, como percebeu naquele fim de tarde, decorridos três meses da ancoragem do Feliz Destino na baía, quando da amurada viu as canoas se aproximando repletas de escravos. O ar pesou no seu peito quase a ponto de sufocar e, assim, ofegante, assistiu, porque neste mister não se metiam novatos, o embarque dos homens, mulheres e crianças, unidos por correntes nas pernas, nos braços e pescoços, imediatamente trancafiados no porão.

Velas ao mar. O capitão mais tempo não queria passar na costa africana, satisfeito porque desta vez as febres tinham poupado sua tripulação. Porém, a nau se arrastava pelas águas, sobrecarregada pela desgraça acumulada em suas profundezas. A dor pesa e muito. Ele soube disto quando, decorridos alguns dias, os negros foram trazidos para o convés. Mais do que a magreza dos corpos e as marcas das algemas, se impressionou com os olhos afundados nas órbitas, tornando ensurdecedor o silêncio respeitado até pelo vento. Um dos marujos tamborilou um pandeiro em vão. Os escravizados não se mexeram e permaneceram na recusa de movimentar os membros mesmo depois que os convidativos toques do tambor foram substituídos pelo zunido dos chicotes. Com as carnes em posta, foram conduzidos pelos exasperados marujos de volta à masmorra e, neste momento, um par de olhos pretos rasgou a retina do grumete. Nunca tinha sido olhado assim, e ainda tarde da noite se remexia insone na rede a perguntar para si mesmo onde aquela rapariga tinha aprendido a apunhalar tão bem.

Mais do que não partir, os negros não queriam chegar. Para o desespero do capitão, se recusavam a comer o fubá oferecido como refeição. Por causa desta rebeldia, foi escalado para descer ao inferno acompanhando o médico de bordo que, munido de um fórceps, abria a boca dos recalcitrantes enquanto ele despejava o conteúdo da tigela pela garganta dos infelizes. Dois deles vomitaram e foram imediatamente conduzidos ao convés. Chegou a vez da dona dos punhais, e enquanto ele derramava o indesejado mingau pelos belos lábios abertos à força quase desfaleceu abatido pelo nó das tripas no interior do seu corpo. Saiu do porão destroçado, sabedor de que tinha sido olhado com uma incompreensível e esmagadora pena.

Após a refeição forçada, os escravos foram levados de novo para a coberta do barco. Os dois homens que tinham vomitado o angu foram chicoteados até as costas sangrarem e depois lançados ao mar. Os tubarões, atraídos pelo sangue, destroçaram os corpos em minutos. Conforme lhe explicou mais tarde o experiente contramestre, o maior terror dos negros era chegar ao outro mundo com o corpo mutilado. Não havia, portanto, melhor método para debelar rebeliões do que lançar rebeldes para goela dos esqualos na frente de todos. Durante a macabra cerimônia ele não reencontrou o olhar. A dona dos punhais permanecera o tempo todo com os olhos fechados.

Impossibilitados de resistir pela fome, os cativos começaram a cantar. Todas as noites um alarido de vozes dissonantes se erguia do porão e se lançava ao mar como uma âncora em busca da já distante costa africana. Sozinho, no alto da gávea, ele buscava distinguir a voz dela no meio do coro emitido por centenas de gargantas. Quando por fim identificou acordes esganiçados que rasgavam o peito como seu olhar percebeu que estas notas tinham o dom de acender e apagar estrelas.

Mas as canções noturnas, apesar de todo impulso proporcionado pelo sofrimento, não encontraram a terra africana. O negreiro seguiu adiante e então os donos das vozes começaram simplesmente a morrer. Cuidaram, entretanto, de que o gesto de manso desespero também tivesse um toque de vingança, e, assim, o miasma da peste subiu do porão e se espalhou por todo o navio. Por cima da amurada começaram a ser lançados corpos negros e brancos. Para impedir o alastramento do mal, por ordem do capitão, os escravos mortos e os doentes começaram a ser atirados aos tubarões que como cachorrinhos treinados seguiam o Feliz Destino. Acompanhado do médico e de alguns marinheiros, o jovem grumete voltou a descer às profundezas, investido da tarefa de recolher os cadáveres e selecionar entre os vivos aqueles sem condições de seguir viagem. Ela se debatia em febre, quase desfalecida, como se já estivesse encomendada ao oceano. Apesar de apontada pelo doutor, não foi içada para o convés. Ele não deixou. Como um advogado de Deus no reino das trevas, citou a juventude da negra, sua capacidade de reagir, e como última cartada argumentou o prejuízo que a perda de uma peça tão valiosa causaria ao proprietário do barco. O médico deixou-a ficar. Dias depois, quando os sobreviventes foram levados ao tombadilho para um necessário banho de sol, os dois se fitaram mais uma vez. Ele se afundou naquelas órbitas portadoras de uma mensagem vinda de galáxias distantes. De noite, ainda inebriado, surrupiou a chave no paiol, abriu o porão e mergulhou na densa bruma malcheirosa, pisando cabeças, esmagando dentes, até vislumbrar sua pequena rainha coberta de correntes. Deitou no seu colo e adormeceu.

Faltavam poucos dias para avistarem o Rio de Janeiro. Agora a subida dos cativos ao convés se fazia com mais regularidade, atendendo à preocupação do comandante de fazer sua carga adquirir um aspecto mais saudável. Desgraçadamente, também o período de maior atividade a bordo. Um sem fim de lustrar, brunir, escovar, costurar, de forma a apresentar o Feliz Destino a seus donos da melhor maneira possível. Em cada segundo roubado à faina diária ele buscava se aproximar do mastro principal, onde a sua perdição ficava encostada perdida de banzo. Por duas vezes ele julgou ver um luzir estrelado por debaixo do véu espesso de melancolia e se considerou o mais feliz dos homens. Mas, para sua desdita, não era o único a ter os olhos postos naquele ser precioso. O capitão decidira exorcizar os demônios da viagem com carne fresca e ela foi conduzida a seu camarote. No caminho, cruzou com o grumete e numa súplica silenciosa pediu a sua intervenção. Por três dias consecutivos o ritual torturante se repetiu, os olhares lancinantes trocados, o pedido mudo sem resposta, a angústia de quem tem seu presente roubado no momento em que é concedido. Depois da morte visitar por três vezes seu coração, ele, do alto do mastro, vislumbrou a imponente Baía da Guanabara.

O Feliz Destino fundeou entre as luzes da madrugada, com o desembarque previsto para o dia seguinte. Nesta noite derradeira o mal da embarcação finalmente entrou no seu corpo. Ele esperou que a africana fosse conduzida de volta ao porão e, com suas mãos guiadas pelos olhos dela, afundou a lâmina do punhal na garganta do comandante.

No dia seguinte foi o primeiro a desembarcar quando no convés emergiam os primeiros negros unidos pelas correntes. Não olhou para trás.

os andarilhos

RIO EBRO, JULHO DE 1938

DESDE PEQUENO, NO LONGÍNQUO Sul do Brasil, ouvia falar pela boca do avô de Giuseppe Garibaldi. Cresceu escutando as histórias de como o intrépido expedicionário combatera no Brasil, no Uruguai e na Itália, infatigável na terra, indomável no mar, em defesa de algo tão diáfano e inexplicável como a liberdade. Conhecia de cor todas suas façanhas: as jornadas pelos campos rio-grandenses, nas fileiras dos revolucionários farroupilhas; a defesa de Montevidéu, acossada por ingleses e fazendeiros argentinos; as campanhas pela unificação italiana, enfrentando França, Áustria e o Papa.

Agora, naquela curva do rio Ebro, em solo espanhol, recebendo seu batismo de fogo pelas asas dos Messerchmits da aviação nazista que metralhavam sem cessar as trincheiras, escondendo a cabeça na terra para fugir dos petardos da artilharia inimiga, armando a baioneta para o contra-ataque, pensou outra vez nas narrativas do avô. Era um dos brasileiros voluntários que acorreram em defesa da República espanhola ameaçada pelos fascistas de Franco. Fazia parte da XII Brigada Internacionalista Giuseppe Garibaldi. Daqui a pouco começaria a marchar.

os trilhos

CORUMBÁ, AGOSTO DE 1973

PELA JANELA DO TREM, a paisagem; por dentro da cabeça, o turbilhão. Tudo no mesmo ritmo, chacoalhando. Os bois no pasto, a aflição, o rosto dos passageiros, a adrenalina, o vento na cara, a metralha. O Pantanal que corre lá fora é manto acolhedor. Não é como as esquinas de São Paulo com suas múltiplas ciladas. É maternal, protetor, muito bom para quem sempre viajou na contramão.

Resfolegante, a máquina carregada de vagões entra na estação. Alerta inútil, não adianta vigia. São muitas portas, muita gente entrando e saindo, a qualquer momento o tempo suspenso pode desabar. Ainda assim é melhor do que em Bauru, quando foi obrigado a saltar para a baldeação. Pode ficar encolhido no banco de madeira da segunda classe. Não precisa ficar de pé, não precisa caminhar. É só permanecer quieto na toca pública, aliviado quando o comboio retoma sua marcha. Gosta de trens como de cinema.

Tudo em movimento, como as locomotivas eriçadas de bandeiras vermelhas que sempre gostou de imaginar. Cada minuto, realizado ou negado, decide. Joaquim demorou mais do que devia no ponto. Foi o tempo necessário para ser cercado. Ainda teve segundos para sacar a arma. Caiu crivado de balas antes de disparar. Cristina, na cadeira do dragão, antecipou seu futuro cuspindo na cara do inimigo. Nos últimos trezentos e sessenta e cinco dias, quantas quedas? O encontro furado, a espera sem fim, até a milésima certeza da solidão, esquecido num canto da luta de classe.

O trem voa por cima da ponte cortando o fim de tarde. Embrulha o estômago pensar na fronteira próxima. Ao ingressar na terra estrangeira deixará para trás velhos manuscritos, palavras sussurradas, alguns sorrisos. Promessas não cumpridas, vinganças adiadas, as farpas lancinantes levará pelo corpo. Os freios rangem, a máquina de ferro desacelera, numa tabuleta o nome sonoro da estação: Aquidauana. Outra vez o sobe e desce, o cheiro de surubim frito, a algaravia entre os que trocam de lugares. No meio da azáfama avança um velho com um tabuleiro de guloseimas nas mãos. Com voz de passarinho, anuncia seu produto.

— Sonhos, sonhos. Quem quer sonhar?

1ª edição	agosto 2022
impressão	rotaplan
papel miolo	pólen soft 80g/m²
papel capa	cartão supremo 300g/m²
tipografia	tiempos e mixta